MIRA®

Der Preis dieses Bandes versteht sich einschließlich der gesetzlichen Mehrwertsteuer.

Umwelthinweis:
Dieses Buch wurde auf chlor- und säurefreiem Papier gedruckt.

Alison Kent

Sex oder Lüge

Erotischer Roman

Aus dem Amerikanischen von
Johannes Heitmann

MIRA®

MIRA® TASCHENBUCH
Band 35036
1. Auflage: April 2011

MIRA® TASCHENBÜCHER
erscheinen in der Cora Verlag GmbH & Co. KG,
Valentinskamp 24, 20350 Hamburg
Geschäftsführer: Thomas Beckmann

Deutsche Taschenbucherstausgabe

Titel der nordamerikanischen Originalausgabe:
Kiss & Tell

erschienen bei: Harlequin Enterprises Ltd., Toronto
Published by arrangement with
HARLEQUIN ENTERPRISES II B.V./S.àr.l.

Konzeption/Reihengestaltung: fredebold&partner gmbh, Köln
Umschlaggestaltung: pecher und soiron, Köln
Redaktion: Bettina Steinhage
Titelabbildung: pecher und soiron, Köln
Satz: Buch-Werkstatt GmbH, Bad Aibling
Druck und Bindearbeiten: CPI – Ebner & Spiegel, Ulm
Printed in Germany
Dieses Buch wurde auf FSC®-zertifiziertem Papier gedruckt.
ISBN 978-3-89941-843-9

www.mira-taschenbuch.de

PROLOG

April

„… wurde durch eine Anhörung eine Wiederaufnahme des Falls des Geschäftsmannes E. Marshall Gordon aus Baltimore ermöglicht. Der Geschäftsführer von EMG Enterprises war Mitglied des fünfköpfigen Vorstands, dem Betrug und Bestechlichkeit vorgeworfen wurden. Mehr darüber in unseren Nachrichten nach dem Werbeblock. Dann auch Neues von Stars und Sternchen. Laut Max Savage hat der Abgeordnete Teddy Eagleton sich nach zwölf Jahren Ehe von seiner Frau scheiden lassen und ist jetzt mit Ravyn Black, der Sängerin der erfolgreichen Band Evermore, zusammen. Er hat …“

„Jetzt reicht's.“ Corinne Sparks schaltete den kleinen Fernseher aus, der im Hinterzimmer des Blumengeschäfts „Under the Mistletoe“ stand. Dabei warf sie beinahe eine Vase mit Hyazinthen und Lilien um.

Miranda Kelly, Corinnes Chefin und Besitzerin des Blumengeschäfts, hatte auch gerade die Hand nach dem Aus-Knopf ausstrecken wollen. Erst eine Nachricht über Mirandas Exmann, dann eine über Corinnes Tochter, mit der Corinne den Kontakt abgebrochen hatte – das war zu viel. Keine der beiden Frauen wollte etwas aus ihrem Privatleben im Fernsehen hören und sehen.

„Wem sagst du das.“ Miranda hatte den ruhigen

Frühlingstag für die Buchhaltung nutzen wollen, doch sie konnte sich nicht konzentrieren, wenn sie an ihre Vergangenheit erinnert wurde. „Ich bin extra aus Baltimore weggezogen, um nicht ständig wegen Marshall von den Medien bedrängt zu werden, die alles über ihn erfahren wollen. Da will ich ganz sicher nicht an ihn denken müssen, wenn ich Rechnungen sortiere."

Mit gerunzelter Stirn richtete Corinne zwei Lilien in der Vase, die beinahe umgefallen wäre. „Bist du nicht weggezogen, weil der saubere Herr Geschäftsführer die Finger nicht von anderen Frauen lassen konnte?"

Das war auch ein Grund, dachte Miranda und drehte sich auf dem Barhocker, den sie am Ende des langen L-förmigen Arbeitstisches aufgestellt hatten. „Deshalb habe ich mich von ihm scheiden lassen. Und wenn ich sein Gesicht jetzt ständig in den Nachrichten sehe, sobald ich den Fernseher anschalte, frage ich mich, wieso ich ihn überhaupt geheiratet habe."

„Damals ist er sicher noch nicht fremdgegangen."

„Ach. Es muss immer schon in ihm gesteckt haben." Miranda klopfte mit dem Bleistift auf den Tisch und versuchte, die schmerzhaften Erinnerungen an Marshalls Untreue zu verdrängen. Auch wenn es vielleicht absurd klang: Diese Untreue hatte sie mehr verletzt als seine kriminellen Machenschaften. „Aber ich kann dir versichern, dass es in der Presse falsch dargestellt wurde: Er ist nicht zu anderen Frauen gegangen, weil er zu Hause keinen Sex bekam."

„Mir brauchst du nicht zu erzählen, wie sehr die

Presse die Fakten verdreht." Corinne stellte ein fertiges Gesteck in den Kühlraum, wo es bis zur Auslieferung am späten Nachmittag bleiben würde. „Ich weiß aus erster Hand, wie viel Müll als vermeintliche Wahrheit abgedruckt wird. Allerdings muss ich zugeben, dass in Brennas Fall viel von dem Gerede den Tatsachen entspricht."

Seit fünf Jahren arbeitete Corinne jetzt in dem Blumengeschäft. Damals war Miranda gerade in ihren kleinen Heimatort in den Rocky Mountains zurückgekehrt und hatte das Geschäft dem Vorbesitzer abgekauft, der sich in den Ruhestand zurückziehen wollte.

Miranda war mit Corinne schon lange genug befreundet, um zu wissen, wie sehr Corinne darunter litt, ständig neue Gerüchte und Vermutungen über das Privatleben ihrer Tochter Brenna zu hören, die unter dem Künstlernamen Ravyn Black auftrat. Schon seit Jahren hatte sie keinen Kontakt mehr zu ihrer Tochter.

Jetzt nahm Miranda den Beitrag im Fernsehen als Aufhänger. „Ich hatte mich schon gefragt, wann die Scheidung des Abgeordneten rechtskräftig wird."

„Was für ein Moment des Stolzes!", sagte Corinne sarkastisch. „Meine Tochter hat sich mit einem verheirateten Mann eingelassen."

Und jetzt ist Teddy Eagleton nicht mehr verheiratet. Miranda seufzte. „Ravyn, also Brenna, ist eine erwachsene Frau und steht schon lange auf eigenen Füßen. Sie muss ihr Handeln selbst verantworten."

„Ach ja? Wer zieht sie denn zur Verantwortung?"

Corinne setzte sich wieder an ihr Ende des Arbeitstisches und ging noch einmal prüfend die Bestellungen für den kommenden Tag durch. „Im Gegensatz zu deinem Ex wird sie vielleicht niemals für das geradestehen müssen, was sie getan hat."

Miranda wusste, worauf Corinne anspielte. Vier Jahre lang hatte Corinne ihrer Tochter das College finanziert. Brenna hatte behauptet, sie habe das Hauptfach gewechselt, müsse das Apartment wechseln und umziehen – und hatte all das Geld in die Gründung ihrer Band gesteckt.

Brenna hatte Ausrüstung und Instrumente gekauft, einen Proberaum angemietet, sich Bühnenoutfits angeschafft und Reisekosten gedeckt. Nicht mal das erste Semester hatte sie zu Ende gebracht, und Corinne hatte sich wie eine Närrin gefühlt, zumal Brenna ihre kleine Schwester Zoe dazu angestiftet hatte, die Briefe von der Washington-State-Universität abzufangen, damit ihre Mutter nicht die Wahrheit erfuhr.

Andererseits wusste Miranda auch, dass Brenna im Verlauf der letzten sechs Jahre, seit dem ersten erfolgreichen Album von „Evermore", versucht hatte, ihrer Mutter das veruntreute Geld zurückzugeben. Doch Corinne hatte das „schmutzige Geld", wie sie es nannte, immer abgelehnt.

Ganz begreifen konnte Miranda diese Haltung nicht, zumal Corinne jetzt, da ihre jüngere Tochter Zoe aufs College gehen wollte, Probleme hatte, ihr auch nur das Nötigste zu finanzieren. Obendrein fiel es Corinne nach allem, was vorgefallen war, schwer, ihrer jüngeren Tochter zu vertrauen.

„Musst du bei dem neuen Verfahren aussagen?“

Corinnes Frage riss Miranda aus ihren Gedanken. „Ich weiß es nicht. Mein Anwalt meint, es könne dazu kommen, aber er versucht es zu verhindern. Eines kannst du mir glauben: Wenn ich nach Baltimore fliegen muss, dann komme ich so schnell wie möglich wieder hierher zurück.“

„Eigentlich seltsam, dass sich hier bisher kaum ein Journalist hat blicken lassen. Schließlich ist Mistletoe deine Heimatstadt.“

„Das überrascht mich auch.“ Ganz leicht aufzuspüren war Miranda allerdings nicht. Um sich zumindest ein bisschen vor neugierigen Reportern zu verbergen, hatte sie bei ihrer Rückkehr nach Mistletoe den Mädchennamen ihrer Mutter angenommen. Das war ihr zu jener Zeit notwendig erschienen, um sich zu schützen.

„Ich hätte gedacht, dass ein paar dieser Schreiberlinge hier auftauchen, um wenigstens eine Stellungnahme von dir zu bekommen.“ Corinne hob die Schultern. „Besonders wenn man bedenkt, welches Ausmaß die kriminellen Machenschaften deines Exmanns hatten.“

Durch Marshall hatten Tausende von EMG-Angestellten ihre Pension und fast genauso viele Kleinanleger ihr Geld verloren.

„Marshall hat immer gesagt, man müsse in großem Rahmen denken. Mehr Geld, mehr Macht und öfter auf dem Titelblatt der ‚Forbes'."

„Ja, entsprechend geht's auch mehr Jahre in den Knast. Ich schätze, damit hat er nicht gerechnet." Corinne nahm sich die nächste Bestellung vom Stapel und suchte aus der Vasensammlung eine edle Kristallvase heraus. „Glaubst du, das Berufungsgericht kommt zu einem anderen Urteil?"

Miranda wandte sich wieder ihrem Laptop zu. „An seiner Schuld gibt es keinen Zweifel. Ich kann nur hoffen, dass das Urteil diesmal nicht anzufechten ist, denn ich habe wenig Lust, alle fünf Jahre von schmierigen Reportern belästigt zu werden, die mir ihr Mikro und eine Kamera ins Gesicht halten."

1. KAPITEL

November

Normalerweise gehörte es nicht zu Caleb McGregors Reportertricks, an eine Story zu kommen, indem er sich hemmungslos betrank. Jetzt aber saß er hier im Club des einzigen Hotels in Snow Falls und trank. Das Romantik-Skihotel lag in den Bergen von Colorado und wurde aus dem Ort Mistletoe, der am Fuß des Bergs lag, mit allem Nötigen versorgt.

Auch mit Alkohol.

Eigentlich wusste Caleb, dass Alkohol niemals weiterhalf. Leider hatte ihn dieses Wissen nicht davon abgehalten, vor Kurzem den größten Fehler seines Lebens zu machen. Er konnte auch nicht leugnen, dass er schon oft Antworten auf seine Fragen gefunden hatte, indem er seine Nase in Dinge gesteckt hatte, die ihn nichts angingen – oder indem er zusammen mit den richtigen Leuten ein Glas zu viel getrunken hatte.

Auch in nüchternem Zustand besaß Caleb fast so viel Intuition wie die weibliche Bevölkerung von Baltimore, der Stadt, in der er lebte, die er aber nicht direkt als Zuhause betrachtete. Ein Zuhause war eher etwas, das mit tieferen Emotionen verbunden war, und so sah er Baltimore als eine Art Basis an, von der aus er seine Reisen unternahm.

Als er hier in Snow Falls im „Club Crimson“ die Sängerin auf der Bühne zum ersten Mal gehört hatte, war sein sechster Sinn sofort zum Leben erwacht.

Unglücklicherweise hatte er mittlerweile schon so viel Scotch getrunken, dass er nur den vagen Eindruck hatte, dicht an einer großen Story zu sein. Einer Story, die vielleicht genauso viel Aufsehen erregen konnte wie der eigentliche Grund seiner Reise hierher, nämlich die Exklusiveinladung von Ravyn Black.

Tief durchatmend blickte er sich um.

Club Crimson, die Bar, die zum Romantikhotel gehörte, war vollkommen in Rottönen eingerichtet. Die Teppiche waren weinrot, die Polster der Barhocker und die Stühle scharlachrot, die Sofas und Sessel rot und pink gemustert.

An sich störte Caleb sich nicht an einer Einrichtung in Rot. Das kannte er aus seinen italienischen oder chinesischen Lieblingsrestaurants, und dort gefiel es ihm ganz gut. Sogar sein Lieblingsverein im Baseball, der „Boston Red Sox", lief bei jedem Spiel in Rot auf.

Aber wenn das ganze Ambiente in einem Club romantisch und erotisch wirken sollte, jedoch jede Sinnlichkeit fehlte, dann ärgerte ihn so etwas.

Anscheinend reichte es den Betreibern des Clubs nicht, sich bei der gesamten Einrichtung auf die Farbe Rot zu beschränken. Um die Romantik noch stärker hervorzukehren, hatten sie auch noch eine rothaarige Sängerin engagiert, die sich Candy Cane nannte.

Ja, dachte Caleb, so viel schlechter Geschmack grenzt schon an Beleidigung. Noch dazu trug die Sängerin einen schmalzigen Song nach dem anderen vor.

Das allerdings tat sie großartig. Sie besaß das Talent, einen Song wie eine Geschichte zu erzählen. Ihre leicht heisere Soulstimme klang nach Rhythm and Blues, und seltsamerweise kam Caleb die Stimme bekannt vor, auch wenn er in seinem Zustand nicht sagen konnte, woher.

In seinen Ohren klang der Text verführerisch, das Kostüm der Sängerin war sexy, und ihr gesamter Auftritt erregte ihn wie einen Teenager. Oder wie einen erwachsenen Mann, der etwas zu viel getrunken hatte.

Bei den vielen Drinks, die er bereits geleert hatte, war es im Grunde erstaunlich, dass er überhaupt noch bemerkte, wie übertrieben er reagierte.

Zum Glück war er bereits beim Betreten der Bar so klug gewesen, sich ganz hinten in einer Ecke einen Platz in einer Nische auszusuchen. Hier saß er abseits und war gleichzeitig in der Lage, den ganzen Raum im Auge zu behalten. Jetzt gerade konnte er allerdings den Blick nicht von der Sängerin abwenden und genoss jede Sekunde.

Candy Cane sah fantastisch aus, obwohl Caleb in dieser Umgebung der künstlichen Romantik bezweifelte, dass an dieser Frau irgendetwas echt war. Das hielt ihn jedoch nicht davon ab, ungehemmt ihr Dekolleté in dem engen roten Kleid zu bestaunen.

Wie schafften Frauen es bloß, dass ihre Brüste trotz solcher tiefen Ausschnitte im Kleid blieben? Zugegeben, manche hatten da nicht viel zu befürchten, aber die Sängerin auf der Bühne musste schon vorsichtiger sein. Egal, ob diese Brüste von Mutter Natur oder vom Chirurgen stammten, die Frau war gut bedacht worden.

Ihre schlanke Taille ging in sinnlich gerundete Hüften über mit einem wundervollen Po. Genau so mochte Caleb einen Frauenkörper. Mit runden Hüften und rundem Po. Wenn er die Welt regieren würde, würde er per Gesetz dafür sorgen, dass Frauen mehr waren als nur zwei große Brüste an einem schmalen, androgynen Körper. Diese Frau auf der Bühne würde er jederzeit Ravyn Black vorziehen. Die gertenschlanke Sängerin der Band Evermore, deretwegen er hier in Mistletoe war, stellte optisch das genaue Gegenteil dieser Frau dar. Sie war …

Caleb verlor gedanklich den Faden. Zeit fürs Bett, sagte er sich, aber in diesem Augenblick stimmte der Mann am Piano das letzte Lied der Sängerin an, und das Publikum, das die ganze Zeit über schon wie gebannt zugehört hatte, verstummte vollkommen.

Erregt beobachtete Caleb, wie Candy das Mikrofon vom Ständer zog, wo sie es während ihres Auftritts fast sinnlich liebkost hatte, und ihren letzten Song begann.

Mit wiegenden Hüften kam sie an den Bühnenrand und stieg die Stufen hinunter zu ihrem Publikum, das zum Großteil aus verliebten Pärchen bestand.

Auf ihrem langen, welligen rotblonden Haar reflektierten die Lichtpunkte der Discokugel, genau wie auf den Pailletten ihres Kleids.

Sie trägt eine Perücke, dachte Caleb, doch dann konnte er den Blick nicht mehr von ihrem roten Kleid abwenden. Es lag so eng an, dass sie ohne den seitlichen Schlitz sicher keinen einzigen Schritt hätte gehen können.

Er sah zu, wie sie sich einen Weg durchs Publikum bahnte. Mal berührte sie einen Mann an der Krawatte, einem anderen strich sie eine Strähne aus der Stirn, legte jemandem die Hand auf die Schulter oder ließ einen Finger über den Arm seiner Begleiterin gleiten. Ob Mann oder Frau, die Sängerin verführte sie alle. Auch Caleb verfiel ihrem Charme.

Alles an ihr wirkte erotisch. Jeder Schritt, ihre rauchige Stimme, ihr Augenaufschlag und die Art, wie sie mit der Zungenspitze über ihre Lippen glitt.

Caleb war klar, dass er nicht der einzige Mann hier im Raum war, der weiche Knie und feuchte Hände bekam. Sein Puls raste. Mit ihrem Auftritt erregte Candy Cane mühelos jeden Mann im Raum.

Zwar saß er als Einziger im Publikum ohne Partnerin am Tisch, doch ihm war klar, dass er selbst in Begleitung seiner Mutter, eines Priesters oder einer Partnerin durch Candy Canes Ausstrahlung eine Erektion bekommen hätte.

Dann geschah etwas Merkwürdiges. Candy Cane stellte sich an eine ganz bestimmte Stelle und lehnte sich im perfekt ausgerichteten Scheinwerferlicht rücklings an ein Sofa.

Obwohl der Moment sofort wieder vorbei war, weil die Sängerin sich zum nächsten Gast hinunterbeugte, erstarrte Caleb innerlich.

Anstatt wegzusehen, musterte er sie. Er war sich

sicher, dass es nichts damit zu tun hatte, dass er auf leeren Magen zu viel Scotch getrunken hatte. Ihr Gesicht kam ihm bekannt vor, genau wie er zu Beginn ihres Auftritts ihre Stimme wiedererkannt hatte.

Er sehnte sich nach einem starken Kaffee, um wieder nüchtern und wach zu werden, damit er die Eindrücke, Erinnerungen und Gedanken sortieren konnte, die ihm durch den Kopf gingen.

In seinem Job war er auf Gerüchte angewiesen. Er hörte zu, prüfte, recherchierte und verwarf. Das tat er jetzt seit zehn Jahren für seine Kolumne über die Welt der Stars und Sternchen. Anfangs waren seine Beiträge noch klein und bescheiden erschienen, hatten sich im Lauf von zwei Jahren aber zu einer landesweiten Institution entwickelt. Mittlerweile war seine Kolumne so bekannt, dass es sogar eine eigene Website dazu gab. Immer wieder beriefen Fernsehsender sich in ihren Reportagen auf seine Texte.

Caleb McGregor schrieb unter dem Pseudonym Max Savage. Max Savage wurde geliebt, verehrt und gefürchtet. Politiker, Prominente und Großindustrielle, niemand war vor seinen bissigen Kommentaren sicher, wenn er ein Ereignis für würdig befand, darüber zu berichten.

Hier im Hotel und im Club wusste niemand, wer er war, geschweige denn, dass er exklusiv zu einem sehr privaten und geheimen Ereignis eingeladen war – zur Hochzeit von Ravyn Black und Teddy Eagleton. Während der nächsten Tage würde er über die Vorbereitungen für dieses wichtige Event berichten. Wie üblich in solchen Situationen behauptete er, ein Mitglied des Teams von Max Savage zu sein. Nicht einmal Ravyn wusste, dass er selbst Max war.

Seine Identität kannten nur sein Agent, sein Anwalt und sein Herausgeber.

Im Lauf der Jahre hatte er gelernt, wie vorteilhaft es war, das Privatleben aus dem Rampenlicht der Öffentlichkeit herauszuhalten. Dadurch würde es ihm auch leichter fallen, die Rolle als Max Savage aufzugeben und einen neuen Lebensabschnitt zu beginnen. Nur noch diese Hochzeit und ein letzter Paukenschlag, dann würde Max Savage auf Nimmerwiedersehen verschwinden.

Gelangweilt auf eine große Story zu warten, das war nie etwas für ihn gewesen. Lieber jagte er Gerüchten nach, auch wenn die sich als falsch herausstellten. Allerdings hatte er nie damit gerechnet, dass er letztlich auf dem Niveau landen würde, das heutzutage zu seinem Arbeitsalltag gehörte. Er war es leid, über Prominente zu berichten, die ohne Unterwäsche aus dem Haus gingen oder private Sexvideos drehten, um auf diesem Weg ins Rampenlicht zu kommen.

Genauso wenig hätte er geglaubt, jemals das Vertrauen eines Freundes zu enttäuschen, weil er nur noch an die Story gedacht und alles andere vergessen hatte. Mit seinem Bericht hatte er eine Karriere zerstört und einen Freund verloren.

Leider konnte er das, was im letzten Monat geschehen war, nicht mehr rückgängig machen. Er hatte seinen besten Freund Del, einen sehr bekannten Musiker, bloßgestellt, weil der ihm im Vertrauen vom Drogenproblem seiner Verlobten erzählt hatte.

Die Vergangenheit konnte Caleb nicht ändern, aber er konnte zumindest dafür sorgen, dass es nicht wieder geschah.

Im Moment jedoch musste er sich ganz auf die Gegenwart konzentrieren, denn Candy hatte ihre Runde durch den Club beendet und kam jetzt auf ihn zu.

Als männlicher Single, allein an einem der kleinen Tische, gab er das perfekte Opfer ab. Obwohl er wusste, dass sie die Rolle der Verführerin nur spielte, konnte er sich ihrem Bann nicht entziehen. Wenn er jetzt aufstehen würde, könnten alle Gäste im Club sehen, wie sehr Candy ihn erregte.

Bevor sie ihn erreichte und damit auch ihn ins Licht des Scheinwerfers rückte, zog er sich hastig die Hose im Schritt zurecht.

Dann stand sie vor ihm, sang verführerisch und lehnte aufreizend die Hüfte gegen den kleinen Tisch, um sich dann langsam zu ihm zu beugen.

Ihr Dekolleté war so nah! Caleb schluckte. Der Schwung ihrer Schultern, ihr schlanker Hals, ihr zierliches Kinn, zusammen mit ihrem sinnlichen Gesang, war aufreizender als alles, was er je im Entertainment erlebt hatte. Und die ganze Zeit über bekam er den Eindruck nicht aus dem Kopf, dass er diese Frau von irgendwo her kannte.

Er nahm sich vor, jede Einzelheit von ihr im Gedächtnis abzuspeichern. Besonders an den Klang ihrer Stimme wollte er sich genau erinnern können, wenn er wieder nüchtern war und nicht mehr so berauscht von der Nähe dieser Frau.

Lässig und aufreizend wand sie sich halb auf dem Tisch. Fast hätte Caleb aufgestöhnt, aber zum Glück brachte er sowieso keinen Ton heraus.

Dann ließ sie sich auf seinen Schoß gleiten.

Eigentlich saß sie eher auf seinem Bein, dennoch presste sie ihren Po vorn an seine Hose, und Caleb konnte nur hoffen, dass sie seine Erregung nicht spürte.

Sie wirkte ganz in ihrem Element. Langsam legte sie ihm einen Arm um den Nacken, blickte tief in seine Augen und sang die letzten Zeilen ihres Songs so dicht an seinem Gesicht, dass ihr Atem seine Wange streifte.

In diesem Moment setzte der Applaus ein.

Und die Sängerin küsste ihn.

Damit hatte Caleb nun überhaupt nicht gerechnet. Ihre weichen Lippen an seinem Mund zu spüren, gehörte sicher auch zur Show, aber so etwas hatte Caleb nicht kommen sehen. Er konnte keinen klaren Gedanken mehr fassen. Seine Widerstandskraft war ohnehin bereits auf ein Minimum gesunken, und so tat er, was jeder Mann tun würde, wenn eine schöne Frau ihn küsste.

Er erwiderte den Kuss.

Das wiederum kam für sie völlig unerwartet.

Bei ihrer Show musste sie darauf hoffen, dass die Männer mitspielten, doch Caleb ging einen Schritt weiter, denn Candy Cane zu küssen machte ihm großen Spaß. Zumindest bis ihm klar wurde, wie sehr er sich gehen ließ.

Er öffnete den Mund und schmeckte ihre Lippen. Tastend schob er die Zunge vor, und Candy Cane ließ es zu. Spielerisch strich sie mit der Zungenspitze über seine.

Vage registrierte er, dass das Publikum klatschte und begeistert pfiff, um sie anzustacheln. Der Pianist verlängerte den Schlussakkord des Songs, um diesen Abschluss der Show musikalisch zu untermalen und kräftig auszudehnen.

Caleb nahm kaum etwas davon wahr. Er atmete Candys Duft ein, der ihn an ein Feld voller Sommerblumen erinnerte, und er spürte ihre Finger im Nacken, wo Candy ihn, unbemerkt vom Publikum, gefühlvoll massierte.

Ich muss es abbrechen, dachte er, sonst verliere ich die Beherrschung. Schlagartig nüchtern, löste er den Mund von ihren Lippen und neigte den Kopf nach hinten, um ihr direkt in die Augen zu sehen.

Aus ihrem Blick sprach erst Überraschung, doch dann wirkte sie ängstlich, und sofort war der Spürhund in ihm geweckt: Was hatte sie zu befürchten?

„Wer bist du?“, fragte er, als sie sich aufrichtete.

Ihr Lächeln wirkte aufgesetzt und galt eher dem Publikum als ihm. „Die Frau, die du niemals wieder vergessen wirst.“ Nach einem flüchtigen Luftkuss in seine Richtung kehrte sie zur Bühne zurück.

Dort verbeugte sie sich ein letztes Mal tief vor den Gästen, dankte mit einer Geste dem Pianisten und zog sich hinter den Vorhang zurück, der sich in diesem Moment vor der Bühne herabsenkte.

Ja, dachte Caleb, sie hat recht. Ich werde sie nie vergessen. Aber was sie nicht weiß, ist, dass ich – obwohl ich meinen Job an den Nagel hängen werde und obwohl ich beim letzten Mal so großen Mist verzapft habe – eine ganze Menge über sie herausfinden kann, was bereits in Vergessenheit geraten ist. Und ich bin mir ziemlich sicher, dass Miss Candy Cane nicht erfreut darüber sein wird, wenn es ans Tageslicht kommt.

Sehr interessant, dachte Miranda Kelly. Sie stand in ihrer Garderobe und sah im Spiegel die Figur Candy Cane.

Sie musste sich noch umziehen. Nach ihren Auftritten legte sie nicht nur das Kostüm und die Schuhe ab. Mit der Perücke und den Kontaktlinsen streifte sie auch jedes Mal die gesamte Person Candy Cane von sich ab.

Miranda trug eine Brille, wobei sie darauf achtete, dass der Farbton des Gestells das Grün ihrer Augen betonte. Im Gegensatz zu Candys rotblondem langen Haar war ihr eigenes dunkelbraun, kurz und verwuschelt wie bei einer wilden Elfe.

Ihre Haut war übersät mit Sommersprossen, die sie bei ihren Auftritten als Candy Cane sorgfältig überschminkte. Auch während ihrer Jahre in Baltimore hatte niemand aus der gehobenen Gesellschaft jemals ihre Sommersprossen zu sehen bekommen.

Dort hatte sie das Haus nie ungeschminkt verlassen. Immer makellos, immer gelassen, das Haar glatt nach hinten frisiert und immer in perfekter Haltung, so gehörte es sich für die Upper Class.

Miranda war es gewohnt, sich zu verstellen.

Doch einen Gast aus dem Publikum hatte sie bisher noch nie geküsst. Wie hatte sie so unvorsichtig sein können! Erst vor ein paar Monaten hatte sie Corinne gestanden, es sei ihre größte Sorge, bei Marshalls Revisionsverfahren erneut aussagen zu müssen und entsprechend die endlosen Reporterfragen und das Blitzlichtgewitter zu ertragen. Dadurch würde sie vor allem ihren Schlupfwinkel hier in Mistletoe verlieren.

Um all das zu verhindern, durfte sie keinerlei Aufmerksamkeit auf sich ziehen.

Jeden Abend flirtete sie mit den Männern im Publikum, doch das tat sie in ihrer Rolle als Candy Cane und nicht als Miranda. Nur in dieser Rolle konnte Miranda etwas von den Sehnsüchten ausleben, die sie im richtigen Leben beiseiteschob.

In den fünf Jahren, die sie bereits hier in Mistletoe lebte, hatte sie kein einziges Date gehabt. Sie hatte natürlich mit einigen Männern zu tun, aber mehr als nette Unterhaltungen gab es da nicht. Sexy, intelligente und ledige Männer waren in Mistletoe, Colorado, ohnehin eher Mangelware.

Im Romantikhotel, zu dem der Club Crimson gehörte, wohnten hauptsächlich Pärchen, und während ihrer Auftritte als Candy stellte Miranda immer wieder fest, dass die Gäste ihr zwar zuhörten, in erster Linie aber ihre Partner ansahen.

Und genau so sollte es auch sein.

Jetzt machte sie sich Vorwürfe, weil sie sich hatte mitreißen lassen. Gerade jetzt, wo wieder über Marshall berichtet wurde, musste Miranda in Deckung bleiben.

Wer war dieser Mann, der ihren Kuss so sinnlich erwidert hatte? Was tat er ganz allein an einem Ort, an den sonst nur Liebespärchen reisten? Die meisten dieser Pärchen suchten sich Mistletoe gerade deswegen als Ziel aus, weil sie hier mit Diskretion rechnen konnten.

Immer noch fassungslos, sank Miranda auf den Hocker vor dem Schminktisch. Sie hatte einen großen Fehler gemacht.

Niemand kam zufällig nach Mistletoe. Und wer den Abend im Club Crimson verbrachte, der wohnte auch im Hotel, hier in Snow Falls. Der Ort lag abseits jeglicher Verkehrsrouten. Jeder, der hierherkam, hatte einen bestimmten Grund dafür.

Daher würde sie dem Mann aus dem Club höchstwahrscheinlich erneut begegnen. So, wie es zwischen ihnen geknistert hatte, konnte es durchaus passieren, dass sie wieder die Beherrschung verlor.

Und das durfte auf keinen Fall geschehen, nicht zuletzt wegen Marshalls anstehendem Verfahren und dem damit verbundenen Medienrummel.

Als Einzelkind von Eltern, die beide für die Schulbehörde arbeiteten, hatte sie eine sehr behütete Kindheit hier in Mistletoe verbracht. Vor zehn Jahren war Miranda von Denver nach Baltimore gezogen, wo sie Marshall getroffen und in derselben Kirche geheiratet hatte, in der sie im Kirchenchor sang.

Die Freude am Leben als Mrs. Gordon war ihr schon bald vergangen. Was nicht sehr überraschend war, zumal ihr Ehemann sich wegen Betrugs vor Gericht zu verantworten hatte und während des Verfahrens seine zahllosen Affären aufgedeckt wurden. Da hatte Miranda sich nach dem schlichten und unverfälschten Zauber des Ortes zurückgesehnt, den sie immer noch als ihre Heimat ansah.

Diskretion stand in Mistletoe an oberster Stelle, ganz besonders in dem Hotel in Snow Falls. Bei der Belegschaft wurden alle Zeugnisse und Referenzen sehr genau geprüft, und den Medien gegenüber gab man sich mehr als verschlossen.

Genau dieser Ruf absolut verlässlicher Diskretion ließ Berühmtheiten und Leute, die beruflich oft im Rampenlicht standen, hierherkommen, wenn sie ein Wochenende mit jemandem verbringen wollten, ohne anschließend befürchten zu müssen, Fotos davon in jeder Illustrierten zu sehen.

Diese Verschwiegenheit hatte auch Miranda gesucht, und mithilfe guter Freunde war ihr die Flucht vor den Medien an der Ostküste und dem nie endenden Getratsche gelungen.

Noch monatelang hatten Skandalreporter nach ihr gesucht, um sie aufzuspüren und exklusiv berichten zu können.

Aus der Sicherheit ihres Verstecks heraus hatte Miranda die Suche beobachtet, und aus dem Wirrwarr ihrer Gefühle hatte sich eine Empfindung herausgeschält: Sie hasste Reporter und ihre angeblichen journalistischen Prinzipien. Sie waren wie Geier, die sich nach Marshalls Verfahren und der Scheidung auf sie gestürzt hatten. Nicht nur ihr Ex, sondern auch diese Widerlinge hatten ihr das Leben zur Hölle gemacht.

Doch damit war jetzt Schluss. Miranda wollte sich nie wieder entblößt und verletzlich fühlen, weil ganz Amerika jedes Detail aus ihrem Leben erfuhr.

Ja, sie war ein paarmal bei Rot über eine Ampel gefahren. Ja, sie hatte zunehmend mehr Zeit mit Wohltätigkeitsarbeit verbracht, anstatt bei Marshall oder zu Hause zu sein. Und es stimmte, dass sie nach einer Stunde Ashtanga-Yoga nicht mehr wie frisch geduscht duftete. Anscheinend war es auch von großem öffentlichem Interesse, an welchen Körperstellen sie sich im Kosmetikstudio die Haare entfernen ließ. Es war in aller Öffentlichkeit heftig darüber debattiert worden, ob sie durch all diese Dinge vielleicht selbst die Schuld daran trug, dass Marshall in den Betten anderer Frauen gelandet war.

Jetzt trat Miranda regelmäßig im Club Crimson auf, und trotzdem hatte sie noch kein Pressevertreter aufgespürt. Das lag zum einen an der Verkleidung, die sie – genau aus diesem Grund – auf der Bühne trug, und zum anderen daran, dass die Bewohner von Mistletoe abgeschieden lebten und es gewohnt waren, neugierige Fragen von Fremden abzuwimmeln.

Hauptsächlich jedoch war ihre Identität bislang nicht aufgedeckt worden, weil sie ihren Mädchennamen wieder angenommen hatte und nur mit ortsansässigen Kunden zu tun hatte, die in ihrem Blumengeschäft Bestellungen aufgaben.

Und jetzt hatte sie diesen umwerfend gut aussehenden Fremden geküsst, als sei es ihr letzter Kuss auf Erden. Wirklich clever, dachte sie, du bist ein echtes Genie.

Entnervt stöhnend ließ sie die Stirn auf den Schminktisch sinken, als ihr wieder durch den Kopf ging, was für Gefühle dieser Kuss in ihr ausgelöst hatte. Wie hatte sie vergessen können, wie fantastisch es sich anfühlte, mit der Zungenspitze die Zunge eines Mannes zu umspielen!

Dieses sanfte, verführerische Gleiten, so warm und feucht!

Den Sex mit Marshall hatte sie genossen, jedenfalls bis er angefangen hatte, sich den Spaß woanders zu suchen. Doch einen solchen Kuss hatte sie noch nie erlebt.

Daran könnte ich mich gewöhnen, dachte sie und betrachtete sich im Spiegel, als suche sie nach den Anzeichen einer Veränderung. Konnte ein einziger Kuss eine Frau verändern?

Nein, sie hatte ja nur ein paar Sekunden lang auf dem Schoß des Mannes gesessen und ihn geküsst. Der einzige Unterschied bestand darin, dass sie nach fünf Jahren der Vernunft jetzt den Verstand verloren hatte. Wenn sie mit dieser einen dummen Aktion ihr ganzes

Leben gefährdete, das sie sich hier in Mistletoe aufgebaut hatte, dann konnte sie daran niemandem außer sich selbst die Schuld geben.

„Verdammt!" Sie stand auf.

Mit irgendwem musste sie jetzt sprechen. Jemand musste sie darin bestärken, dass sie auf Küsse von Fremden lieber verzichtete, auch wenn es sich noch so fantastisch anfühlte.

2. KAPITEL

„Glaubst du an Liebe auf den ersten Blick?"

Alan Price, der als Manager den Club Crimson leitete und bei Bedarf auch als Barkeeper aushalf, stand hinter dem Tresen und sah Miranda an, als sei sie ein Alien. Er gehörte zu den wenigen Menschen, die sie sowohl als Miranda als auch als Candy Cane kannten. Als Kinder waren sie Nachbarn gewesen, und hier im Club erlebte er sie in ihrer Rolle.

„Willst du von mir wissen, ob Patrice und ich uns auf den ersten Blick verliebt haben?" Er hielt noch den Schreibblock in der Hand, auf dem er die aktuellen Bestände an Getränken notiert hatte. Sein von der Sonne gebleichtes Haar fiel ihm in die Stirn. „Ist es das, was du von mir hören willst?"

Miranda machte es sich auf dem Barhocker am Tresen des leeren Clubs bequem und stützte das Kinn auf die Hand. „Erzähl mir von deinem ersten Treffen mit ihr. Eine schöne Liebesgeschichte ist genau das, was ich jetzt brauche."

Vorhin war sie fast panisch aus ihrer Garderobe an die Bar gestürmt. Erst mit ein paar Drinks hatte Alan sie so weit beruhigen können, bis sie sich selbst davon überzeugt hatte, dass ihr Publikum den Kuss mit dem Fremden nur als i-Tüpfelchen ihrer sinnlichen Show gesehen hatte.

Mittlerweile war sie wieder entspannt und wollte bald nach Hause. Sie wollte zurück in ihre Garderobe, ihre Identität als Candy abstreifen, und dann konnte sie nur hoffen, dass ihre alte Klapperkiste trotz der Kälte ansprang, damit sie nach Hause fahren konnte. Ich brauche wirklich bald ein neues Auto, dachte sie.

Alan, der sich früher als typischer Skilehrer auf und auch abseits der Piste in jeder Beziehung ausgelebt hatte, schüttelte jetzt den Kopf. „Du weißt genau, wie ich Patrice kennengelernt habe. Ich war selbst mehr als einmal dabei, wenn sie dir die Geschichte erzählt hat."

Entspannt seufzte sie. „Ja, ihre Version kenne ich, aber ich wollte es von dir hören."

Alan nahm ihr Weinglas, packte es zum schmutzigen Geschirr und räumte die Bar auf, bevor er zur Uhr deutete, bei der die Zeiger wie Korkenzieher geformt waren. Die Bar schloss um Mitternacht, und jetzt war es bereits ein Uhr. Übertrieben gähnte er. „Sie wartet zu Hause auf mich. Wenn sie anruft, um sich zu beschweren, reiche ich den Hörer an dich weiter."

„Dann sage ich ihr, dass es deine Schuld ist und nicht meine." Miranda lachte. Solche kleinen Streits gehörten seit ihrer Kindheit wie ein Ritual zu jeder Unterhaltung mit Alan.

„Was soll denn, bitte schön, daran meine Schuld sein?"

„Du könntest mit deiner Geschichte schon zur Hälfte durch sein, aber du trödelst." Wieso fiel es Männern bloß so schwer, über ihre Gefühle zu sprechen? Über ihre Geldanlagen konnten sie stundenlang reden, aber sobald es um Emotionen ging, wurden sie verstockt, als habe man sie aufgefordert, sich die Venen aufzuschneiden und ganz langsam auszubluten. Vielleicht war ihm die Geschichte auch bloß peinlich, weil er zu dem Zeitpunkt nicht gerade auf der Höhe gewesen war. Miranda musste lächeln, als sie an Patrices Schilderung dieser Begegnung dachte.

„Ich lief Ski“, begann er und runzelte die Stirn, als er Mirandas belustigten Blick bemerkte. Energischer als nötig wischte er über den Tresen. „Ich stürzte, brach mir das Bein, und Patrice gehörte zum Rettungsteam, das mich abtransportiert hat.“

Die Männerversion. Schade. Eigentlich hatte Miranda etwas von den Gefühlen beim ersten Blick und der Leidenschaft hören wollen. „Und als du sie gesehen hast? Hat dein Herz schneller geschlagen? Hast du ein Kribbeln gespürt, als sie die Handschuhe ausgezogen hat, um dir über die Wange zu streichen?“

„Das lag an den Erfrierungen.“

Mirandas Lachen hallte in der leeren Bar wider. „Alan Price, du redest Blödsinn. Du hast es genauso gespürt wie Patrice, das weißt du.“

Er hielt in der Bewegung inne. Seine kantigen Wangen waren gerötet. „Dann hättest du dir die Geschichte gar nicht erst von mir anzuhören brauchen.“

„Doch, doch, das zeigt mir, dass Männer sich niemals ändern werden.“ Es bewies ihr auch, dass sie nichts versäumte, wenn sie allein lebte, selbst wenn sie den Zauber des Kusses mit dem Fremden immer noch spürte. „Tatsachen aufzählen, kein Wort zu viel, keine Ausschmückungen. Und bloß keine Gefühle.“

Fast ärgerlich sah er ihr jetzt in die Augen. „Wir

Männer haben Gefühle, auch wenn wir nicht darüber reden."

Sie griff nach seiner Hand. „Tut mir leid, Alan. Ich bin müde, und der heutige Abend hat mich ein bisschen aus der Bahn geworfen. Möglicherweise suche ich nur nach einer Erklärung für das, was ich getan habe."

„Ich hab's dir doch erklärt: Candy hat eine super Show abgeliefert, und die Gäste waren begeistert, also hör auf, dir den Kopf zu zerbrechen."

Das sagt sich leicht, dachte sie, deine Lippen pochen schließlich nicht bei der Erinnerung an diesen Kuss. Sie zupfte am Polstersaum am Rand des Tresens. „Hoffen wir, dass es eine einmalige Sache war. Wenn Marshall jetzt wieder vor Gericht muss, kann ich mir nicht erlauben, als Candy unvorsichtig zu werden."

„Heißt das, du willst immer noch nicht als Candy Cane auf dem Weihnachtsfest singen?"

„Das werde ich mit Sicherheit nicht." Candy Cane durfte nur im Club Crimson auftreten. Nur dort! Nicht einmal Patrice zuliebe würde Miranda in diesem Punkt eine Ausnahme machen. Begriff Alan das nicht? Miranda hatte ihm und Patrice haarklein erklärt, wieso sie nicht beim Ball der Mistletoe Highschool auftreten würde.

„Die Kids wären begeistert." Alan versuchte, sie durch Wackeln mit den Augenbrauen umzustimmen. „Sie kennen alle die Legende von der Rothaarigen, die abends im Hotel auftritt."

Und so soll es auch bleiben, dachte Miranda. Candy Cane als Legende. „Nein, die Kids wären nicht begeistert. Ihnen würden die Songs nicht gefallen, und ich gehöre nicht zu ihrer Generation. Wenn jemand dort auftreten sollte, dann Zoe."

Corinnes jüngere Tochter war siebzehn Jahre alt und als Sängerin genauso talentiert wie ihre Schwester Brenna. Für ein so junges Mädchen besaß sie eine überraschend tiefe und volle Stimme.

Im Grunde hatte Miranda nur wegen Zoe einen erheblichen Teil der enormen Abfindung, die ihr bei der Scheidung zugesprochen worden war, zur Gründung der „Candy Cane Scholarship for the Arts" eingesetzt. Diese Stiftung vergab Stipendien, und alle Gagen, die Miranda als Candy Cane einnahm, landeten dort.

Corinne mochte ihre Gründe haben, Brennas Angebot abzulehnen, alles Geld, was sie im Lauf der Jahre für ihre Musikerkarriere abgezweigt hatte, samt Zinsen zurückzuzahlen, doch Zoe war einfach zu talentiert. Miranda fand, dass eine fundierte Gesangs- und Musikausbildung genau der richtige Kompromiss waren, und das ermöglichte sie Zoe durch das Stipendium.

Jetzt blickte sie zu Alan. „Ich wünschte, Patrice würde ihr den Auftritt ermöglichen. Zoe könnte diese Erfahrung gut gebrauchen."

„Das wird sie auch", beruhigte Alan sie. „Aber die Kids kennen Zoe, und Patrice hatte auf einen großen Namen gehofft."

„Wie ich höre, ist auch ihre Schwester in der Stadt." Miranda fand, dass Corinne früher oder später ohnehin ihrer älteren Tochter auf halbem Weg entgegenkommen musste, selbst wenn es nur Zoe zuliebe war. „Patrice sollte versuchen, Ravyn zum Auftritt zu überreden."

„Das könnte Patrice nur, wenn sie alles ignoriert, wofür Mistletoe berühmt ist. Sie müsste in Ravyns Privatsphäre eindringen. Außerdem würde sie nichts hinter Corinnes Rücken tun, um bei den Kids zu punkten."

Miranda wusste, dass er recht hatte. Für die Abschlussklasse der Highschool wäre es zwar toll, wenn die Leadsängerin von Evermore auf ihrem Weihnachtsball auftreten würde, aber Brenna war nicht als Ravyn hier, sonst hätte sie ihre Band mitgebracht.

Das sprach dafür, dass etwas an den Gerüchten um ihre Affäre mit dem konservativen – und seit Neuestem ledigen – Abgeordneten Teddy Eagleton dran war, den Miranda heute bereits in der Lobby des Hotels gesehen hatte.

Doch gleichgültig, aus welchem Grund die beiden hierher nach Mistletoe gekommen waren: Miranda wollte Corinne lieber nicht darauf ansprechen. Zumal es gut sein konnte, dass Corinne schon sehr bald von den Reportern belästigt würde, die hier vor dem Hotel vom Sicherheitsdienst weggeschickt wurden. Miranda hatte das alles bereits hinter sich und empfand jetzt schon aufrichtiges Mitgefühl mit ihrer Angestellten.

„Ausgetrunken?“ Alan blickte über Mirandas Kopf hinweg.

Sie wollte ihn gerade daran erinnern, dass er ihr als verantwortungsbewusster Barkeeper und langjähriger Freund das Weinglas bereits weggenommen hatte, als ihr klar wurde, dass er nicht mit ihr sprach.

Sie drehte sich um und sah in die dunkle Bar. Aus der hintersten Ecke kam ein Mann mit einer Tasse auf sie zu.

Er war groß und hatte einen lässigen Gang. Seine breiten Schultern zeichneten sich unter dem dunklen Jackett ab, und seine langen Beine steckten … in einer Jeans.

Verdammt. Genau bei diesem Mann hatte sie heute Abend auf dem Schoß gesessen! Hastig wandte sie sich wieder um und zischte Alan etwas zu, um seine Aufmerksamkeit zu erregen.

„Er ist schon die ganze Zeit über hier, und du sagst mir kein Wort?“ Um Himmels willen, hatte sie sich verraten? Hatte er gehört, wie Alan sie Miranda nannte? Hatte sie verraten, dass sie immer noch seinen Kuss auf ihren Lippen spürte? „Was ist nur los mit dir?“

Belustigt lächelte Alan. „Patrice meinte, du seiest in letzter Zeit bedrückt, und da fand ich, du könntest eine heiße Nacht gut gebrauchen.“

„Ich hasse dich.“

„Weiß ich. Ich hasse dich auch.“

Ein Glück, dass sie noch ihre Perücke trug.

In diesem Moment nahm der Fremde, der so göttlich

küssen konnte, auf dem Barhocker neben ihr Platz, als sei dies genau der Ort, an den er schon zeit seines Lebens gehörte. Verdammt, das konnte nicht gut enden.

„Danke für den Kaffee“, sagte er an Alan gewandt. Dabei konnte Miranda sein Profil betrachten, als er die Tasse über den Tresen zurückreichte. „Bis zu meinem Zimmer hätte ich es sicher nicht mehr geschafft, ohne einzuschlafen.“

Gegen ihren Willen musste Miranda lachen, und sofort wandte der Fremde sich ihr zu. Langsam neigte er den Kopf zur Seite und musterte sie, bis sie zu atmen vergaß.

„Lachen Sie ruhig über mich oder mit mir, ich kann beides ertragen.“

Wie gut er aussah, war Miranda gar nicht so genau aufgefallen, als sie auf seinem Schoß gesessen hatte. Trotzdem wünschte sie sich in diesem Moment nur ein tiefes Loch im Boden, in dem sie versinken konnte. Sie wollte bloß nicht weiter in Versuchung geraten, seine Lippen zu betrachten. Dennoch … sie wollte diesen Mann.

Nein, nein, das alles war nicht gut. Gar nicht gut.

„Caleb McGregor.“ Er streckte die Hand aus.

Nach kurzem Zögern schlug sie ein. „Candy Cane.“

„So steht's in großen Leuchtbuchstaben draußen am Club.“

Verlegen senkte sie den Blick. „Ich weiß gar nicht, ob ich Ihnen danken oder Sie um Entschuldigung bitten soll.“

Die Lippen, die so sinnlich küssen konnten, formten ein Lächeln. „Da gibt es nichts zu verzeihen, und ganz bestimmt bin eher ich es, der hier zu danken hat."

Charmant und überhaupt nicht schmierig. Aber vielleicht besaß er auch nur genug Routine, um diese Gratwanderung spielend zu bewerkstelligen. Miranda wusste nicht, ob sie auf die kleine warnende Stimme in ihrem Kopf hören sollte. „Sie haben sehr nett mitgespielt, und wenn ich Sie in Verlegenheit gebracht habe, tut mir das leid. Normalerweise bin ich ... nicht so persönlich im Umgang mit dem Publikum."

Nachdenklich schwieg er einen Moment. „Dann bin ich froh, dass gerade ich zur Stelle war, als Sie eine Ausnahme gemacht haben."

Ganz so bewusst hatte sie diese Entscheidung leider nicht getroffen. Sie war ihrer Eingebung gefolgt, als sie sich auf seinen Schoß gesetzt hatte. Aus purer Lust heraus hatte sie ihn so leidenschaftlich geküsst. Sie hatte ihn gesehen, begehrt – und hatte dem Trieb nachgegeben.

Jetzt saß er ganz dicht neben ihr, und sein Knie streifte ihren Schenkel, wenn er sich auf dem Hocker zur Seite drehte. Ein warmer, männlicher Duft umgab ihn.

Ich muss hier weg, schoss es ihr durch den Kopf, sonst gerate ich immer tiefer in Schwierigkeiten. Sie tat allerdings genau das Gegenteil und verschlimmerte ihre Lage mit ihren nächsten Worten nur noch. „Und was führt Sie nach Mistletoe, Caleb? Sie sind doch nicht allein hier, oder?"

„Doch, das bin ich."

Mist. Trotz dieses Kusses wäre er für sie tabu gewesen, wenn er mit einer Begleiterin hier wäre. Ihr ging Alans Bemerkung durch den Kopf, sie könne eine heiße Nacht gut gebrauchen.

Mühsam konzentrierte sie sich auf Calebs Hand, die flach auf der Bar lag. Seine langen, kräftigen Finger, sein Handrücken, der mit kleinen, gold glänzenden Härchen bedeckt war. Miranda schloss die Lider und schluckte.

Langsam öffnete sie die Augen wieder und hoffte, dass Caleb nicht ahnte, wo sie sich überall wünschte, seine Finger zu spüren. „Allein? Tatsächlich?" Sie räusperte sich. „Das überrascht mich."

Fragend hob er eine Augenbraue. „Ab und zu wird sich doch auch ein Single hierher verirren, oder?"

Sie traute sich kaum, ihn anzublicken, so gut gefiel ihr, was sie da sah. Sein leicht zerzaustes braunes Haar mit den hellen Strähnen darin, seine unglaublichen braunen Augen mit den goldenen Reflexpunkten, und dann dieser Mund …

Nein, das alles war gar nicht gut. Miranda kannte ihre Grenzen nicht mehr. „Ich habe zu wenig Kontakt mit den Gästen, um mir sicher zu sein, aber ich kann mich im Moment nicht erinnern, jemals im Publikum jemanden gesehen zu haben, der ohne Begleitung in der Show war."

„Dann bin ich der Erste." Wieder lächelte er. „Wahrscheinlich haben Sie mich deshalb ausgesucht, um Ihre eigene Regel zu brechen."

Miranda senkte den Blick. „Heute Abend breche ich eine ganze Reihe von eigenen Regeln."

„Das muss wohl an der Gesellschaft liegen."

„Einen anderen Grund wüsste ich auch nicht." Sie konnte kaum klar denken, weil ihr Herz so laut schlug.

Einen Moment sah er auf ihre Finger, dann in ihr Gesicht, und sein Blick verriet ihr, dass er genau wusste, welchen inneren Kampf sie gerade ausfocht. Offenbar erging es ihm ganz ähnlich. „Fällt Ihnen denn ein Grund ein, der dagegenspricht, dass wir noch gemeinsam etwas trinken?"

Lächelnd nickte sie. „Ja. Die Bar ist geschlossen."

„Gutes Argument." Er nickte. „Aber da wüsste ich eine Lösung."

„Nein." Entschlossen erwiderte sie seinen Blick. „Ich werde nicht für einen letzten Drink zu Ihnen aufs Zimmer kommen."

„Wäre das gegen die Regeln?"

„Genau." Sie nickte.

„Tut mir leid für die Regeln." Als sie lachte, beugte er sich vor, und Mirandas Lachen erstarb. „Sie küssen unglaublich gut."

Eigentlich hatte sie damit gerechnet, dass er sich verabschiedete oder ihr erklärte, wie wenig er von Regeln hielt. Er musste willensstark sein, sonst hätte er Alan nicht überreden können, ihn, auch lange nachdem die Bar geschlossen hatte, noch zu bedienen.

„Das gehörte zu meinem Auftritt." Sie achtete nicht auf ihren hektischen Pulsschlag, als Caleb seufzend einatmete.

„Unsinn“, erwiderte er leise.

Sie wusste nicht, was sie sagen sollte, und als Alan sich vernehmlich räusperte, fiel ihr nichts anderes ein als: „In meiner Garderobe habe ich noch eine Flasche Drambuie.“

Anstatt sofort zu antworten, sah er ihr lange in die Augen. Miranda hatte keine Ahnung, was er dachte, doch die leidenschaftliche Glut, die er ausstrahlte, war unverkennbar.

Sollte sie ihr Angebot zurückziehen? Wollte er vielleicht gar nichts von ihr? Hatte sie sich getäuscht? Hatte er von ihr nur hören wollen, dass sie mit diesem Kuss zu weit gegangen war? Eigentlich hatte sie diesen Eindruck nicht gehabt, aber mittlerweile war sie bei Männern so aus der Übung …

„Ein Mann in der Garderobe? Verstößt das nicht auch gegen eine Regel?“

„Weiß nicht.“ Sie stand auf. Es war ihr einfach nicht möglich, dieser Versuchung zu widerstehen. Es kribbelte in ihrem Nacken – und noch an anderen Stellen ihres Körpers. „Sie sind der Erste, der von mir diese Einladung bekommt.“

Caleb konnte sein Glück kaum fassen. Erst hatte der Barkeeper ihm so spät noch Kaffee serviert, und jetzt folgte er Candy Cane zu ihrer Garderobe.

Sie ist meinem Charme verfallen, dachte er. Bisher war er nicht einmal sicher gewesen, überhaupt so etwas wie Charme zu besitzen. Es gab bestimmt nicht viele Menschen, die ihn für charmant hielten.

Als sie in Richtung ihrer Garderobe gedeutet und sich zu ihm umgedreht hatte, damit er ihr folgte, hatte Caleb gesehen, wie sie mit dem Barkeeper ein paar Blicke gewechselt hatte. Es war wie ein wortloser Dialog gewesen.

Caleb hatte den Barkeeper, der eigentlich wie ein Skilehrer aussah, genau beobachtet. Er schien weder beleidigt noch gekränkt darüber zu sein, dass Candy Cane ihn mit in ihre Garderobe nahm.

Anscheinend war sie mit dem Barkeeper gut befreundet. Caleb hatte zwar nichts von der Unterhaltung der beiden mithören können, aber ihm war aufgefallen, wie vertraut und unverkrampft sie miteinander umgegangen waren.

Entweder wusste der Mann hinter dem Tresen, dass Candy gut auf sich selbst aufpassen konnte, oder ihm war klar, dass es eher Caleb war, der hier in Schwierigkeiten geriet. Bei der körperlichen Reaktion, die allein ihr Hüftschwung bei mir auslöst, dachte Caleb, stecke ich schon tief in den Schwierigkeiten drin.

Starr ihr nicht auf die Hüften, sagte er sich und wandte den Blick ab. Doch er bekam die Erinnerung nicht aus dem Kopf, dass sie auf seinem Schoß gesessen hatte. Sie hatte ihn geküsst. Mit der Zunge hatte sie … Oh ja, er begehrte sie.

Doch dann fiel ihm wieder ein, wieso er überhaupt hier in diesem Ort war. Den Kaffee hatte er sich bestellt, um wieder ganz nüchtern zu werden. Er musste unbedingt herausbekommen, wieso ihm diese Frau so bekannt vorkam.

Aus dem Sensationsjournalismus wollte er zwar aussteigen, aber die Neugier konnte er nicht so leicht ablegen. Wenn er erst wieder wusste, woher er diese Frau kannte, dann wüsste er auch, ob es sich lohnte, ihre Geschichte zu veröffentlichen.

Sie führte ihn durch die Bar und über die Bühne zu einer Tür am Ende eines Flurs.

Kein Namensschild an der Garderobe verriet ihre Identität. Es hätte genauso gut ein einfacher Abstellraum sein können.

Caleb folgte ihr in den kleinen Raum.

„Wie gesagt“, sie schaltete das Licht an, „das reinste Chaos.“

Nicht schlimmer als bei mir zu Hause, dachte er, während er eintrat und sie die Tür hinter ihm schloss. Der Boden war mit demselben dunkelroten Teppichboden ausgelegt wie der Club. Das Weiß der Wände war in einem zarten Rot abgetönt, vielleicht kam der rötliche Schimmer aber auch von der Reflexion des Fußbodens.

Eine Wand war fast komplett verspiegelt, gegenüber stand ein großer Schrank mit offenen Schiebetüren, sodass Caleb zahllose rote Kleidungsstücke darin sehen konnte. Weitere Kleider hingen über einem Kleiderständer und lagen auch auf dem Boden. Überall verstreut waren die unterschiedlichsten Schuhe.

Er wandte sich dem Spiegel zu, während Candy Cane hastig die Schranktüren schloss, als sei ihr die Unordnung peinlich. Sah es bei ihr zu Hause auch so aus? Caleb fragte sich, wie sie so gepflegt aussehen konnte, wenn sie sich in diesem katastrophalen Chaos zurechtmachte.

„Ich schwöre, ansonsten bin ich ein sehr ordentlicher Mensch. Warum ich mich hier so gehen lasse, kann ich nicht erklären. Muss an der Frisur liegen."

Erst jetzt bemerkte er die aufgereihten Perücken. „Dass diese Haare nicht echt sind, habe ich mir gleich gedacht." Sachte strich er über die rötlichen Strähnen, die ihr über die Schulter reichten. Dabei ließ er die Hand kurz auf ihrer Schulter liegen. In dem hellen Licht nahm er die überschminkten Sommersprossen deutlich wahr. Die Versuchung wurde immer stärker.

Ihre Haut war warm und glatt. Unwillkürlich fragte er sich, wie ihr Körper sich an anderen Stellen anfühlen mochte. Sofort sehnte er sich wieder nach ihrem Kuss. Er wollte ihre Lippen schmecken und diese Glut noch einmal erleben.

Nach kurzem Zögern trat sie einen Schritt von ihm weg. Caleb erkannte genau, dass sie hin- und hergerissen war. Schließlich entfernte sie sich noch etwas mehr von ihm, doch das erotische Knistern blieb.

Sie öffnete ein kleines Schränkchen. „Hier habe ich die Flasche." Dann holte sie den Drambuie und ein Glas hervor. „Aber ich habe nur ein einziges Glas."

Caleb nahm ihr Glas und Flasche ab und schenkte ein. Nach einem ersten Schluck hielt er ihr das Glas hin. „Dann müssen wir teilen."

Lächelnd ergriff sie das Glas und trank.

Caleb verschloss die Flasche wieder und stellte sie auf den Schminktisch. Dort lag eine Brille neben einer Schale und einer Reinigungslösung für Kontaktlinsen. In der Bürste daneben entdeckte er ein paar kurze dunkle Haare.

Er verkniff sich ein Grinsen und wandte sich wieder der mysteriösen Rothaarigen zu. Wie gern hätte er sie jetzt mit ihren Sommersprossen und ihrem echten Haar gesehen. Er schluckte, um sein Verlangen zu verdrängen. „Was tut ein Single denn hier, wenn er ein bisschen Spaß haben will?"

„Abreisen?", schlug sie leise lachend vor und sah dann in ihr Glas, um Calebs Blick auszuweichen. „Abgesehen vom Club Crimson bekommt man hier nur bei ‚Manny's' etwas zu trinken, aber das ist eher ein Treffpunkt für die Einwohner. Dann haben wir hier noch das ‚Fish and Cow Chips', aber ..."

„Meeresfrüchte und Steaks?" Beim Gedanken an diese Mischung verzog er unwillkürlich das Gesicht.

Sie hielt sich das Glas dicht vor die Brust und erwiderte seinen Blick. „Ja, bei der Namensgebung haben sie nicht lange genug nachgedacht, aber das Essen schmeckt unglaublich gut."

„Kein Kino? Kein richtiges Restaurant?"

„Nein." Sie reichte ihm das gemeinsame Glas. „Wer einen Film sehen will, fährt entweder bis an den Fuß der Berge nach Golden, oder er besorgt sich eine Satellitenschüssel und lebt der Popkultur ein halbes Jahr hinterher."

Caleb fragte sich, was sie denken würde, wenn sie wüsste, dass er zu denen gehörte, die den Takt für das hektische Leben der Popkultur vorgaben. Er lehnte sich nach hinten an den Schminktisch und atmete das Aroma des Whiskylikörs aus dem Glas ein. Der Duft war betörend, aber noch betörender war die Frau dicht vor ihm, über die er so gern Näheres herausfinden wollte. „Und was tun Sie, wenn Sie nicht gerade als Candy Cane auf der Bühne stehen?"

Kopfschüttelnd lächelte sie. „Ich bin immer Candy Cane."

„Und was tut Candy Cane in ihrer Freizeit?" Langsam trat er einen Schritt näher, und sofort nahm das erotische Prickeln zwischen ihnen zu.

Jetzt hob sie wie eine Lehrerin tadelnd den Zeigefinger, doch der verführerische Ausdruck in ihrem Blick blieb. „Das ist ein Geheimnis, das ich nur mit Freunden und meiner Familie teile."

„In einem Ort dieser Größe sind das bestimmt fast sämtliche Einwohner." Er musste einfach fragen: „Auch der Mann in Ihrem Leben?" Oder ihr Ex.

Wieder schüttelte sie den Kopf, setzte sich auf ein Ende der Bank vor dem Schminktisch und berührte seine Finger, als er ihr das Glas reichte. „Nein, kein Liebhaber und auch kein Ex. Schon seit sehr langer Zeit nicht mehr."

„Wie schade." Er setzte sich zu ihr. Die Bank war so schmal, dass ihre Schenkel sich berührten, doch Candy rückte nicht weg. Auch nicht, als Caleb ihre Hüfte und ihren Arm berührte. „Sie sind eine schöne Frau."

Außer dem Pulsschlag an ihrem Hals konnte er keine Reaktion feststellen. Reglos saß sie da und hielt das Glas mit dem goldbraunen Likör zwischen den Händen im Schoß. Der Schlitz an ihrem langen Kleid klaffte und zeigte ihren Schenkel, der von einer Seidenstrumpfhose bedeckt war. Im tiefen V-Ausschnitt ihres Kleids konnte Caleb den Ansatz ihrer Brüste sehen.

Bei all diesen Ablenkungen fiel es ihm schwer, sich auf ihr Gesicht zu konzentrieren, doch letztlich würden ihm nur ihr Gesicht und ihre Stimme helfen, die Erinnerung abzurufen, woher er sie kannte.

Allerdings rückte dieser Vorsatz immer mehr in den Hintergrund, denn viel mehr interessierte ihn, auch den Rest ihres Körpers zu erkunden.

„Sie haben mir noch nicht verraten, wieso Sie eigentlich hier sind."

An ihrem Atem erkannte er zufrieden, dass seine Nähe sie nicht völlig ungerührt ließ. „Ich bin zu einer Hochzeit eingeladen."

Sie nickte und lächelte. „Wieder ein Prominenter, der vom Singlemarkt verschwindet?"

„Es ist eine ganz kleine private Feier. Aber es wird für ziemlichen Aufruhr sorgen, wenn es bekannt wird." Fragend hob er den Drink. „Ich bin sicher, wenn Sie wollten, könnten Sie alles herausbekommen, was hier im Ort geschieht. Das ist der Vorteil, wenn man hier einen Job hat und dazugehört."

Ihr unwilliges Stirnrunzeln überraschte ihn.

„Das sehe ich anders. Die Menschen reisen hierher, weil sie sich hier keine Sorgen machen müssen, von den Medien auf Schritt und Tritt verfolgt zu werden. Und das Hotelpersonal lässt die Gäste in Ruhe, so prominent sie auch sein mögen."

Caleb beschloss, ihr nichts davon zu erzählen, dass er selbst zur Medienmeute gehört und deswegen sogar einen Freund enttäuscht hatte. Er stellte das Glas auf den Boden und wandte sich ihr zu. Langsam strich er ihr über die Wange. „Tut mir leid, ich wollte Sie nicht kränken."

„Sondern? Weswegen sind Sie mit mir hierhergekommen?" Mit verführerischem Augenaufschlag beugte sie sich vor.

Die lustvolle Glut wurde so stark, dass Caleb glaubte, sie im Gesicht spüren zu können. „Sind Sie ganz sicher, dass Sie das wissen wollen?"

Sie nickte nur. Ihr verlangender Blick ließ ihn in diesem Moment alles andere vergessen. Als er sich zu ihr beugte, war er kein Journalist mehr, sondern nur noch ein Mann, der diese Frau nicht mehr aus dem Kopf bekam, seit sie ihn geküsst hatte.

Diesmal brauchte er beim Kuss keine Rücksicht zu nehmen. Hier waren sie allein, und er konnte einfach genießen. Er schloss die Augen und gab sich der Lust hin, die ihn in dem Moment durchströmte, als ihre Lippen sich berührten.

Sanft umfasste er ihr Gesicht, während er den Mund begehrlich auf ihren drückte und sie drängte, die Lippen zu öffnen. Sie wandte sich zu ihm und lehnte sich an ihn. Langsam öffnete sie den Mund und stöhnte auf, als er mit der Zunge eindrang. Lustvoll umkreiste sie seine Zungenspitze mit ihrer.

Der Kuss war ein zaghaftes, behutsames Kennenlernen. Caleb wollte nichts überstürzen, auf keinen Fall sollte sich Candy erschrecken. Er erkannte, dass sie ihr eigenes Verlangen nicht zu deutlich zeigen wollte.

Caleb ahnte, dass es auch schon eine ganze Weile her war, dass jemand sie einfach nur geküsst hatte. Allerdings musste er vor sich selbst zugeben, dass an diesem Kuss gar nichts einfach war – er war genauso erregend und heiß wie der vorhin im Club.

Nur waren sie jetzt allein. Es war niemand da, der sie stören konnte, niemand, der verhindern konnte, dass aus diesem Kuss mehr wurde – viel mehr.

Leise seufzend drängte sie sich näher an ihn. Sie knabberte an seiner Unterlippe und strich mit ihrer Zungenspitze über seine.

Schließlich drehte sie sich ihm ganz zu und schlang die Arme um seinen Nacken. Mit den Fingerspitzen strich sie durch sein Haar und konnte ein leises verlangendes Seufzen nicht unterdrücken. Das Geräusch stachelte seine Erregung noch mehr an. Er ließ eine Hand zu ihrem Nacken gleiten, um sie noch näher an sich zu ziehen. Mit der anderen fasste er nach ihrem Kleid, schob den Stoff beiseite und streichelte ihre Schenkel. Einladend öffnete sie die Beine für ihn.

Hungrig strich er an ihrem Schenkel hinab und wieder hinauf, doch nicht weiter, obwohl er sich brennend danach sehnte. Er wollte erst ein Zeichen von ihr bekommen, dass sie wirklich dazu bereit war.

Ein leises, geflüstertes „Bitte“ von ihr reichte, und

er wagte sich höher vor – bis er sie zwischen den Schenkeln berührte und spürte, wie erregt, feucht und heiß sie war.

Mit einem Finger begann er sie zu reizen, massierte sie, umspielte abwechselnd hart und sanft ihre Klitoris. Miranda zuckte zusammen und stieß die Luft dicht an seinen geöffneten Lippen aus.

„Gefällt es dir?"

„Großartig", erwiderte sie keuchend. „Kannst du ..."

„Dich zum Höhepunkt bringen?"

„Ja. Oh ja, bitte." Ihre Stimme klang jetzt tief und kehlig, ihre Worte waren eher Befehl als Bitte.

Lächelnd drückte er die Lippen wieder auf ihren Mund. Vor Lust konnte er sich kaum noch beherrschen, doch als er etwas von ihr abrückte, zog sie ihn wieder eng an sich.

„Deine ... Strumpfhose."

„Die muss weg."

Eine Frau, die genau wusste, was sie wollte – das liebte er. Er wusste aber auch, was *er* jetzt wollte: Er ertastete den Saum zwischen ihren Schenkeln und riss die Seidenstrumpfhose entzwei. Den schmalen String darunter schob er zur Seite.

Vor Lust keuchte sie auf, als er sie ganz ungehindert berührte. Mit den Lippen strich er an ihrem Hals entlang zum Nacken, während seine Berührungen zwischen ihren Schenkeln immer intimer wurden. Zuerst spielerisch, dann immer leidenschaftlicher streichelte er sie, und jede Liebkosung beantwortete sie mit einem verlangenden Stöhnen.

Schon bald hatte er das Gefühl, sie könne es nicht mehr aushalten, also drang er mit einem Finger in sie ein, während er mit dem Daumen ihre Klitoris härter und härter massierte.

Miranda lehnte den Kopf an seine Brust, schloss die Augen und umklammerte seine Schultern so hart, dass es beinah wehtat. Sie drängte die Hüften seinen Fingern entgegen, bewegte sich rhythmisch vor und zurück, nahm ihn tiefer in sich auf.

Leidenschaftlich strich er mit der Zunge über ihre Schulter, dann zurück zu ihrem Hals und schließlich hinunter zum Ansatz ihrer Brüste. Mit der freien Hand schob er ihr Kleid beiseite, um an einer ihrer erregten Brustknospen zu saugen, während er unablässig fortfuhr, sie zwischen den Schenkeln zu streicheln.

An ihrem Zittern spürte er, wie dicht sie vor dem Höhepunkt stand. Immer schneller streichelte er sie, übte mehr Druck aus, massierte, rieb, reizte sie. Er konnte spüren, wie ihre Erregung stieg, wie sie immer feuchter und heißer wurde.

Miranda stöhnte und keuchte im Rhythmus seiner Bewegungen. Sie zitterte am ganzen Körper, und dann erstarrte sie einen Moment.

Laut und ungehemmt schrie sie auf, als ihre angespannte Lust sich im Höhepunkt entlud. Er spürte, wie sie sich anspannte, sah die Emotionen in ihrem Gesicht und kostete jeden Moment aus. Es war wunderbar, einer Frau diese Gefühle zu bereiten und einen so intimen Augenblick mit ihr zu teilen.

Schließlich kehrte sie zitternd in die Wirklichkeit zurück, legte die Hände auf seine Oberarme und senkte errötend den Kopf. „Ich … ich kann nicht glauben …“

„Tu es.“ Es sollte ihr nicht peinlich sein, so ungehemmt mit ihm zusammen gewesen sein. Bleiben sollte die Erinnerung an diesen wunderschönen Moment und nicht die Verlegenheit.

„Aber … du hast nicht …“

Lächelnd beugte er sich dicht zu ihrem Ohr. „Wenn du an diesem Zustand etwas ändern willst, habe ich nichts dagegen.“

3. KAPITEL

Zehn Minuten später schlichen sich Miranda und Caleb in die Hotelküche, um nach übrig gebliebenem Essen zu suchen.

Ihr Liebesspiel hatten sie leider abbrechen müssen, weil keiner von ihnen ein Kondom bei sich gehabt hatte.

Miranda musste lächeln, weil Caleb so unvorbereitet war. Dass sie selbst für solche Situationen nicht gerüstet war, war zwar betrüblich, aber sie hatte auch nie damit gerechnet, hier einen Partner für eine heiße Nacht zu finden. In gewisser Weise hatte sie sich damit abgefunden, ihre Sinnlichkeit auf der Bühne auszuleben.

Aber ein umwerfender, sexy Mann wie Caleb? Ohne Kondom? Lächelnd blickte sie sich nach ihm um.

„Lachst du über mich oder mit mir?" Er sah, wie sie Earnesto, dem Küchenangestellten, ein Zeichen gab, er solle sie nicht beim Chefkoch verraten, weil sie hier in Gesellschaft auf nächtliche Nahrungssuche ging.

„Ich lache überhaupt nicht." Doch sie war aufgeregt wie ein Kind im Vergnügungspark. „Ich kann's lediglich nicht abwarten, den Finger in die Tomaten-Käse-Creme zu stecken, die der Küchenchef heute gemacht hat. Für nächtliche Hungerattacken wie unsere hat er immer etwas auf Vorrat."

In einem der drei großen Kühlschränke entdeckte

sie die Creme und eine Flasche Wein, die sie sofort an Caleb weiterreichte. Ausgestattet mit zwei Tellern, Weingläsern und ein paar Bagel Crisps, führte sie Caleb in eine Ecke der Küche, in der ein kleiner Tisch und ein paar Klappstühle für die Belegschaft standen.

Sie setzte sich mit Blick zur Küche, was leider ein Fehler war, denn dadurch setzte Caleb sich so, dass er nur sie und die Wand dahinter sah. Damit war sie seinem durchdringenden Blick ausgesetzt, und das kam ihr umso seltsamer vor, weil er sie kurz zuvor erst durch seine Finger zum Höhepunkt gebracht hatte. Sie konnte kaum glauben, dass sie fast mit ihm geschlafen hätte.

Während er sich auf die Suche nach einem Korkenzieher machte, schaufelte Miranda ihm und sich mithilfe der dicksten Bagelscheibe etwas von der Creme auf die Teller.

„Machst du so etwas häufiger?“, fragte er, als er zurückkam und die Flasche entkorkte. „Nachts in der Hotelküche essen?“

„Na klar.“ Lachend probierte sie von der Creme. In dieser Ecke war es nicht so hell wie in der restlichen Küche, daher konnte sie sein Gesicht nicht deutlich sehen. „Das kommt durch meinen Job. Im Ort bekommt man zu dieser Uhrzeit kaum noch etwas.“

Er beobachtete, wie sie von dem Bagel abbiss. „In New York mag ich vor allem die Bodegas. Egal, ob du nachts um vier Sandwiches, Toilettenpapier oder Batterien brauchst, du bekommst alles ohne Probleme.“

„Du lebst in New York?“

Kopfschüttelnd griff er nach seinem Wein. „Nicht mehr."

„Und?" Ihr fiel auf, dass er seinen momentanen Wohnort nicht verriet. „Vermisst du es?"

„Da gibt es nicht viel zu vermissen." Während er einen Schluck trank, erwiderte er ihren Blick. „Ich bin noch oft dort, aber auch viel in L.A."

„Reist du beruflich so viel oder privat?" Es kostete sie Überwindung, ihn ständig direkt anzuschauen. Sein aufmerksamer Blick machte sie nervös.

„Beides. Ich … ich bin künstlerisch tätig."

Künstlerisch, das konnten Bücher oder Filme sein oder auch Musik. Hatte er nicht gesagt, er sei wegen einer Hochzeit hier, die für viel Medienrummel sorgen könnte? Aus den Unterhaltungen der Belegschaft hatte sie herausgehört, dass Ravyn zurück war, doch mit ihrer Mutter hatte Brenna noch keinen Kontakt aufgenommen. Und der Kongressabgeordnete war ebenfalls hier …

Wollten Brenna und Ted heiraten? Kannte Caleb Brenna beruflich? Oder war er ein Freund von ihr? Corinne zuliebe wollte sie zuerst nachhaken, aber wenn Brenna ihrer Mutter nichts verraten wollte, dann sollte Miranda sich lieber nicht einmischen. „Das ist bestimmt sehr interessant."

„Stimmt. Manchmal. Aber es gibt auch Tage, da hasse ich den Job."

Zumindest in dem Punkt geht es uns ähnlich, dachte sie. „Wer solche Tage nicht kennt, der zeigt in seinem Job auch wenig Engagement."

Belustigt sah er ihr in die Augen. „Du jedenfalls liebst deinen Job, das habe ich erlebt."

Was er alles von ihr schon erlebt hatte, darüber wollte Miranda im Moment lieber nicht nachdenken. Sein Blick machte es ihr schwer, zu vergessen, was gerade eben in ihrer Garderobe geschehen war. Und wozu es dann leider nicht mehr gekommen war. Hastig trank sie einen Schluck. „Und jetzt willst du wissen, was Candy Cane an ihrem Job hassen könnte."

Er steckte sich einen Chip in den Mund und nickte.

„Vor allem ist es die Perücke, unter der ich immer schwitze."

„Wieso trägst du sie dann?"

„Weil ich kein langes rotes Haar habe. Die Farbe Rot ist hier im Romantikhotel das Thema, falls dir das entgangen ist. Die Perücken sind gut gearbeitet und luftdurchlässig, aber im grellen Licht auf der Bühne nützt das auch nicht viel."

„Dann solltest du mehr Zeit deiner Auftritte inmitten deines Publikums verbringen."

Wirklich witzig. „Das würde dir gefallen, stimmt's?"

„Mir und auch den anderen Männern. Bestimmt auch einigen von den Frauen."

Wieder diese Anspielungen, dieser leidenschaftliche Blick und die Sehnsucht. Es fiel Miranda schwer, den Blick abzuwenden. „Genau deswegen verlasse ich immer erst am Ende meines Auftritts die Bühne. Dies ist ein Romantikhotel für Liebespaare, und ich will bei keinem der Pärchen Ärger verursachen."

„Und was war heute anders?"

Darauf hatte sie bisher noch keine Antwort gefunden. Mit dem Bruchstück eines Bagels schob sie die Creme auf ihrem Teller zusammen. „Du sahst einsam aus."

Mit dem Glas Wein auf halbem Weg zum Mund erstarrte er. „Du hast mich nur aus Mitleid geküsst?"

„Wohl kaum." Sie wurde rot und aß, um ihre Verlegenheit zu überspielen. „Ich habe mich dir in dem Moment verbunden gefühlt. Das soll jetzt nicht negativ klingen, aber das Gefühl der Einsamkeit kenne ich gut."

Ohne getrunken zu haben, stellte er das Glas zurück auf den Tisch. „Und da wolltest du mich aufheitern."

„Ehrlich gesagt war mein Motiv nicht ganz so selbstlos." Sie senkte den Blick.

„Es war mir ein Vergnügen."

„Nein." Sie lachte leise. „Das Vergnügen war ganz meinerseits. Schließlich bist du es, der bisher nicht auf seine Kosten gekommen ist."

„Daran ist noch kein Mann gestorben." Wie er sie jetzt ansah! Sofort rieselte ihr ein Schauer über den Rücken.

Dass der Abend noch solche Folgen haben würde, damit hatte sie nicht gerechnet, als sie heute auf die Bühne getreten war. Miranda war sich nicht sicher, ob sie bereit war für das, worauf dieses Treffen zusteuerte. „Da habe ich aber schon andere Sachen gehört."

„Alles dumme Gerüchte, glaub mir. Aber nur um ganz sicherzugehen …" Er beugte sich zu ihr, und sie wurde nervös, weil sie ahnte, was er jetzt sagen würde. „Morgen werde ich besser vorbereitet zu deiner Show kommen."

„Na, danke, jetzt werde ich mich nicht mehr auf meinen Auftritt konzentrieren können." Seufzend steckte sie noch eine Bagelscheibe in den Mund, auch um nicht weiter antworten zu müssen.

Er ließ ihr Zeit, bevor er fragte: „Bist du schon aufgetreten, bevor du hierhergekommen bist?"

Mit einem flüchtigen Blick in seine Richtung griff sie nach ihrem Glas. „So etwas fragt ein Mann, der künstlerisch tätig ist?"

Caleb schüttelte den Kopf. „Nein, ein Mann, der dich geküsst hat."

Nett, dass er nicht darauf einging, was außer dem Kuss noch zwischen ihnen gelaufen war. „Also gut, dann antworte ich auch diesem Mann: Vorher bin ich nie aufgetreten. Gesungen habe ich nur unter der Dusche und im Kirchenchor."

„Als Solistin?"

„Hin und wieder. Immer zu Weihnachten."

„Gibt es hier auch besondere Weihnachtsveranstaltungen?"

„Abgesehen von den regulären Shows nicht, aber ich ändere dann mein Programm. Bing Crosby gehört für mich zu Weihnachten fest dazu." Sie räusperte sich. „Alans Frau versucht, mich zu einem Auftritt beim Ball in der Highschool zu überreden, aber das kann ich nicht tun."

„Wieso nicht?" Er schenkte ihnen beiden nach.

„Hast du Angst, einer der Jungs dort könnte einsam sein?"

„Sehr witzig." Trotzdem musste sie lachen. „Nein, Candy Cane verlässt den Club Crimson höchstens, um die Hotelküche zu plündern."

Nachdenklich aß er einen Bissen. „Bist du als Candy Cane nicht die Berühmtheit des ganzen Orts? Erwartet man von ihr nicht, dass sie sich für diesen oder jenen Zweck einsetzt?"

Verwundert erwiderte sie seinen Blick. „Mistletoe ist sehr klein, zu klein für Benefizveranstaltungen oder Wohltätigkeitsgalas. Hier kennt jeder jeden, und Candy ist keine reale Person. Sie gehört zum Hotel wie der große runde Kamin in der Lobby oder die Tische aus knorrigen Pinien."

„Das sehe ich anders. Du bist weder rund noch knorrig."

„Sehr witzig." Sie bewarf ihn mit einer Bagelscheibe. Sollte sie den gemeinsamen Abend lieber beenden oder mit ihm weiter bis zum Morgengrauen plaudern? Miranda war erschöpft, zugleich aber auch sehr aufgekratzt.

Als er ihr noch einmal Wein nachschenken wollte, hielt sie die Hand über ihr Glas. „Es ist schon sehr spät, und leider bin ich eine viel beschäftigte Frau."

„Bedeutet das, die Frau unter der Perücke muss nach Hause, damit sie morgen nicht während ihrer Arbeit als Gehirnchirurgin einschläft? Oder als Pilotin zur Notlandung ansetzen muss? Oder den Acker noch mal pflügen muss, weil die Furchen nicht gerade sind? Was machst du, wenn du gerade keine Perücke mit langem rotem Haar auf dem Kopf hast?"

„Kommt auf den Wochentag an", zog sie ihn auf. Was würde er denken, wenn er wüsste, dass sie als Floristin arbeitete? „In jedem Fall muss ich los. Das war mein schönster Abend seit einer Ewigkeit. Vielen Dank dafür."

Als sie aufstand, erhob auch er sich. „Sehen wir uns morgen?"

„Wenn du in den Club kommst, ganz bestimmt." Und bring ein Kondom mit, fügte sie in Gedanken hinzu, während sie Essensreste und Geschirr zusammenstellte und nach dem Wein griff. „Hier, nimm den mit."

„Als Trostpreis?"

„Noch so eine Bemerkung, und *ich* nehme ihn mit und feiere ganz privat."

Lachend sah er sie an. „Du, Candy Cane oder wer auch immer, bist wirklich eine harte Nuss."

Gut so. „Glaub bloß nicht, ich sei leicht zu haben."

Besitzergreifend legte er ihr einen Arm um die Schultern. „Geheimnisvolle Candy, ich würde dich jetzt gern zurück zur Garderobe begleiten."

Gemeinsam brachten sie die Essensreste zum Kühlschrank und das Geschirr zur Spüle. Miranda winkte Earnesto zu, und dann verließen Caleb und sie die Küche.

In ihrem Paillettenkleid, mit der Perücke auf dem Kopf, ihren warmen Boots an den Füßen und Calebs Jackett um die Schultern ging Miranda neben ihm von der Küche zum Club. Sie hatten es beide nicht besonders eilig, und keiner vin ihnen sprach ein Wort.

Offenbar fiel es ihnen schwer, sich voneinander zu verabschieden. Sie passten so gut zusammen, und Miranda war überzeugt, dass das beim Sex nicht anders sein würde.

Bestimmt würde es dazu kommen. Eine einzige Nacht mit Caleb war nicht genug. Viel mehr durfte sie allerdings nicht zulassen, sonst würde sie die fünf Jahre, in denen sie sich ein neues Leben aufgebaut hatte, zunichtemachen. Das lohnte sich nicht für einen Mann, über den sie so gut wie nichts wusste.

Dann waren sie zurück bei der Garderobe, und das Schweigen wurde unangenehm, während Miranda den Code in das Türschloss eintippte. Caleb hielt ihre Hand fest, drehte Miranda zu sich herum und zog sie in die Arme.

Leidenschaftlich drückte er sie an sich und blieb so stehen. Sein Blick drückte unverhohlenes Verlangen aus, und Miranda bekam kaum Luft, als ihr durch den Kopf ging, was sie alles gemeinsam tun konnten. Ihre eigene Sehnsucht machte ihr Angst.

Langsam neigte er den Kopf zu ihrer Halsbeuge und küsste sie.

Miranda hob das Kinn, damit er die empfindsame Hautpartie noch besser erreichen konnte. Ihre Brustwarzen richteten sich auf, und das leichte Kratzen seiner Bartstoppeln erregte sie, weil sie sich unwillkürlich ausmalte, dieses Kratzen an den Brüsten oder an den Innenseiten ihrer Schenkel zu spüren.

Seine Zungenspitze war warm und feucht, der entschlossene Griff seiner Hände ließ ihr keine Ausweichmöglichkeit – und am Bauch spürte sie, wie unglaublich erregt er war.

Sie wollte ihn nackt sehen, ihn überall berühren und küssen. Ihr Atem ging noch schneller, als Caleb sie rücklings gegen die Tür drückte.

Sein leises Lachen klang tief, wie eine Vibration in ihrem Magen. Erregt und frustriert zugleich bewegte sie die Hüften und hörte wieder sein Lachen, bevor er fortfuhr, sie zu küssen.

Mehr konnte sie nicht ertragen. „Das reicht mir nicht."

„Wir müssen uns wohl oder übel fügen." Spielerisch ließ er die Wange an ihrer entlanggleiten und biss sie zärtlich.

Wieso „müssen"? Es gab doch Wege, wie sie sich Lust bereiten konnten, ohne dass sie ein Kondom brauchten. „Wir könnten …"

„Nein, das können wir nicht." Er strich ihr über den Hals. „Nicht heute Nacht."

Das tut er doch absichtlich, dachte sie. Er will, dass ich mich vor Sehnsucht quäle. „Das ist nicht fair."

„Das ganze Leben ist nicht fair."

Miranda stöhnte. „Willst du nicht …"

„Doch, sehr sogar. Aber ich kann warten."

Sie wollte aber nicht warten. Sie wollte ihn, und zwar so sehr, dass sie bereit war, nicht auf die innere warnende Stimme zu hören. Sicher war er jedes Risiko wert. Es gab alle möglichen Spielarten, wie sie beide sich …

Entschieden trat Caleb einen Schritt zurück und strich ihr über eine der roten Strähnen. „Gute Nacht … Annie."

Sie verdrehte die Augen. „Nein, nicht Annie."

„Belle."

„Wohl kaum."

„Daisy." Den Buchstaben C übersprang er gleich, weil der bereits mit Candy besetzt war.

„Falsch." Lächelnd wandte sie sich wieder der Tür zu.

„Erin."

Kopfschüttelnd lachte sie auf. „Nein, auch nicht."

„Fanny."

„Gute Nacht, Caleb." Sie stellte sich auf die Zehen, gab ihm einen Kuss auf die Wange und verschwand in ihrer Garderobe.

Tief durchatmend versuchte sie sich zu erinnern, wann sie sich das letzte Mal so gut amüsiert hatte. Es musste lange her sein, weil sie sich gar nicht mehr daran erinnern konnte.

Daran würde sie etwas ändern. Sie wollte unbedingt noch ein paar Erinnerungen sammeln, um davon zu zehren, wenn Caleb wieder fort war. Jetzt musste sie nur noch einen Weg finden, wie sie das anstellen konnte, ohne ihre wahre Identität zu verraten.

Mit der Flasche Wein, die er von Candy bekommen hatte, kehrte Caleb zur Bühne des Clubs zurück und wartete hinter den Kulissen. Soweit er es beurteilen konnte, gab es außer diesem Gang keinen anderen Ausgang aus dem Club Crimson, abgesehen vom Weg durch die Lobby des Hotels. Er war sich ziemlich sicher, dass Candy Cane, wer immer sie auch in Wirklichkeit sein mochte, den Club durch die Küche verlassen würde.

Von hier aus würde er sie sehen können. Er wollte herausfinden, wie sie mit Brille und kurzem dunklem Haar aussah. Da er die Bürste und die Brille in der Garderobe gesehen hatte, war er fest davon überzeugt, dass sie sich jetzt gerade in ihr alltägliches Ich zurückverwandelte.

Er wollte ihr nicht bis nach Hause nachschleichen. Das war auch ganz unmöglich, da er ohne Auto hierhergekommen war. Außerdem hatte er für sich bereits beschlossen, dass es für sie beide nur noch das eine Treffen morgen Abend geben sollte.

Doch nach dem heutigen Abend war er so neugierig wie noch nie in seinem Leben. Er wollte die Frau sehen, die ihn so sehr erregt hatte und die er sicher so bald nicht vergessen würde. So etwas war ihm noch nicht oft passiert. Nachdenklich hob er die Flasche. Nein, dachte er. So etwas ist mir noch nie passiert. Kein einziges Mal in meinem ganzen Leben.

Zugegeben, es hatte viele Frauen in seinem Leben gegeben. Mit einigen davon war er ein paar Monate zusammen gewesen, auf dem College hatte er sogar über fast zwei Jahre eine feste Beziehung gehabt, bis seine Freundin es schließlich nicht mehr ertragen hatte, dass der Journalismus ihm stets wichtiger gewesen war als sie.

Er war besessen gewesen von dem Wunsch, die Welt der Nachrichten zu erkunden, zu recherchieren, Informationen nachzugehen und dabei immer wieder Neuland zu betreten und Grenzen zu überschreiten.

Auch später war es den Frauen immer schwergefallen, zu akzeptieren, dass ihm der Beruf über alles ging. Also hatte er sich auf flüchtige Affären beschränkt.

Statt seine Energie für Auseinandersetzungen mit Frauen zu verschwenden, hatte er von da an all seine Kraft in seine Arbeit gesteckt. Warum sollte er sich abmühen, wenn er ohnehin wusste, dass er zwischen Beruf und Privatleben kein Gleichgewicht finden konnte?

Kurz bevor er in Selbstmitleid versinken konnte, hörte Caleb, wie sich die Tür zu Candys Garderobe öffnete. Die Flasche Wein ließ er stehen und beugte sich unauffällig zu den Stufen vor, die von den Kulissen in den Gang führten.

Das Licht drang zwar nur schwach aus der Garderobe, doch es hätte ausgereicht, die Frau zu erkennen, wenn sie nicht bereits die Kapuze ihres Parkas über den Kopf gezogen und sich von ihm abgewendet hätte.

Sie trug ihre warmen Boots, eine gefütterte Trainingshose samt überdimensioniertem Parka und hielt eine kleine rote Sporttasche in der Hand. Sorgfältig prüfte sie, ob die Garderobentür geschlossen war, dann wandte sie sich, genau wie Caleb gehofft hatte, in Richtung Küche.

Während des Wartens hatte er sich bereits die

Boots ausgezogen, damit seine Schritte nicht zu hören waren. Mit den Schuhen in einer Hand folgte er Candy, wobei er sie, ohne den Abstand zu verringern, nicht aus den Augen ließ.

Die Küche war leer und vollkommen dunkel. Nur über dem Ausgang leuchtete ein kleines Licht. Es roch nach Reinigungsmittel, frischem Obst und Knoblauch. Caleb hielt sich versteckt, während Candy die Küche durchquerte.

An der gegenüberliegenden Wand öffnete sie per Knopfdruck eine Tür, und als sie die Tür durchschritt, hastete Caleb auf Socken lautlos hinterher. Gerade bevor die Tür wieder ins Schloss fiel, konnte er sie am Türknauf festhalten.

Er wartete ein paar Sekunden, bevor er den großen Lagerraum betrat, an dessen hinterer Wand ein rotes Leuchtschild mit der Aufschrift „Exit“ den Ausgang kennzeichnete.

Hier war es kälter. Zahllose Regale waren mit Lebensmitteln und Getränken gefüllt. Der Ausgang, auf den Candy zusteuerte, sah aus, als führe er zu einer Rampe, an der große Lieferungen für das Hotel abgeladen wurden. Bestimmt lag dort auch der Angestelltenparkplatz. Caleb konnte Candy schlecht nach draußen folgen, doch in die solide Stahltür war ein Fenster eingelassen, durch das er nach draußen spähen konnte.

Hinter ein Regal geduckt, lauschte er auf das Geräusch der sich entfernenden Schritte. Er hatte Candy sein Jackett überlassen und trug jetzt nur noch sein

Hemd. Um sich zu wärmen, rieb er sich die Arme, während er abwartete, dass Candy am Ausgang ankam.

Sobald sie den roten Knopf drückte und damit den Ausgang öffnete, folgte Caleb ihr. Als er die Tür erreichte, hatte sie sich bereits wieder geschlossen. Er sah durch das kleine Fenster.

Ein paar Schneeflocken rieselten auf den Parkplatz. Undeutlich erkannte er Candys Umrisse, als sie auf ihren Wagen zueilte, ihn aufschloss und sich hineinsetzte. Einen Moment lang ließ sie den Motor warm laufen, nachdem sie die Scheinwerfer eingeschaltet hatte, und Caleb konnte sich gut vorstellen, dass sie sich jetzt wärmend in die Hände blies, während ihr Atem vor ihrem Gesicht kondensierte.

Allein beim Gedanken daran fror er. Er stand in Socken auf kaltem Beton. Schnell zog er sich die Boots an. Als er wieder durch das Fenster blickte, sah er Candy wegfahren. Der Motor ihres alten Autos stotterte und stieß bei jedem Gangwechsel dicke Abgaswolken aus.

Zitternd stand er da, bis der Wagen in der Dunkelheit verschwunden war. Dann steckte er die Hände in die Jeans, zog die Schultern hoch und hastete zurück zur anderen Seite des Kühlraums.

Die Tür zur Küche ließ sich allerdings nur über einen Zahlencode öffnen. Trotzdem drehte er am Türknauf, doch vergeblich. Caleb blickte sich um. Ein Notruftelefon, mit dem er den Sicherheitsdienst alarmieren konnte, hing neben der Tür.

Entweder rief er Hilfe herbei und stand dann wie der letzte Idiot da, oder er wartete hier, bis die ersten Küchenangestellten zur Frühschicht kamen. Oder er verließ den Kühlraum auf demselben Weg wie Candy. Dann müsste er ohne Jackett oder Mantel um das Hotel herum zum Haupteingang laufen.

Keine dieser Möglichkeiten war besonders reizvoll. Allerdings würde er sein Zimmer am schnellsten erreichen, wenn er den Weg außen um das Hotel wählte.

In einem Wäschewagen fand er eine Decke, die er sich wie ein Cape um die Schultern legte. Super-Reporter auf wichtiger Mission, dachte er und ärgerte sich über seine Neugier, während er in die eiskalte Winternacht hinaustrat.

Es war schon fast drei Uhr nachts, als Miranda sich ins Bett legte. Sie konnte sich nicht erinnern, wann sie das letzte Mal so erschöpft gewesen war. Die Shows an vier Abenden pro Woche waren ohnehin ermüdend, und jetzt kamen noch der Abend mit Caleb, der entspannende Höhepunkt und ihre hastige Flucht aus dem Club hinzu. Ihr blieb kaum noch genug Energie, ihren Wecker zu stellen.

Wieso Caleb auf sie gewartet hatte und ihr gefolgt war, konnte sie sich nicht erklären, zumal er sie offenbar nicht hatte einholen wollen. Schläfrig fragte sie sich, ob er entdeckt hatte, was er hatte herausbekommen wollen, und ob er mittlerweile einen Ausweg aus dem Lagerraum gefunden hatte. Sie grinste. Oder saß er jetzt in einer Ecke und wartete auf die Frühschicht?

Zum Glück hatte sie mit der Möglichkeit gerechnet, dass er noch auf sie wartete. Sie hatte sich gut vorstellen können, dass er versuchen würde, sie zu einem Drink in seinem Zimmer zu überreden, oder dass er sie fragen würde, ob sie ihn nicht mit zu sich nach Hause nahm. Deswegen hatte sie sich die Kapuze ihres Parkas aufgesetzt, bevor sie die Garderobe verlassen hatte.

Sie hätte es lieber gesehen, wenn er ihren Wunsch, inkognito zu bleiben, respektiert hätte. Andererseits konnte sie seine Neugier nachvollziehen. Das bedeutete jedoch nicht, dass sie zulassen würde, dass er ihre wahre Identität entdeckte. Es reichte, wenn er morgen Abend wieder zur Show kam.

Wie sollte sie diesen Auftritt bloß durchstehen? Unwillkürlich zitterte sie und zog die Bettdecke enger um sich, während sie versuchte, die Gedanken daran zu verdrängen.

Wenn sie heute Abend ein Kondom dabeigehabt hätten, wäre die Nacht sicher anders verlaufen. Sofort malte Miranda sich sehr detailreich aus, was Caleb alles mit seinen Fingern, seinem Körper und seiner Zunge getan hätte. Mit der Erinnerung an seinen Kuss schlief sie schließlich ein.

Kaum erholt erwachte Miranda später, zu spät, und beeilte sich, um die verschlafene Zeit wieder aufzuholen. Immer noch wohlig erregt durch ihre Träume, duschte sie und zog sich schnell an. Ihr Frühstück beschränkte sich auf einen getoasteten Muffin und einen Becher Kaffee, den sie mit ins Auto nahm.

Doch als der Motor ihres Autos endlich warm gelaufen war, um zum Blumengeschäft zu fahren, war der Muffin bereits wieder eiskalt und der Kaffee bestenfalls noch lauwarm.

Wenigstens schneite es nicht mehr wie noch vor ein paar Stunden, als sie vom Hotel nach Hause gefahren war. Die Sonne schien grell auf die weiße Schneedecke, sodass Miranda sich die Sonnenbrille aufsetzen musste, um überhaupt etwas erkennen zu können.

Der einzige Schneepflug des Ortes war offenbar bereits unterwegs gewesen, und so brauchte sie sich während der Fahrt von ihrem Bungalow zum Blumenladen nicht sehr zu konzentrieren. Was gut war, zumal sie in Gedanken immer noch bei den Ereignissen der letzten Nacht war und gleichzeitig versuchte, die verschlafene halbe Stunde aufzuholen.

Miranda versuchte sich von Caleb abzulenken, indem sie sich ins Gedächtnis rief, was sie heute an Aufträgen zu erledigen hatte: Letzte Woche war ein großer Auftrag eingegangen, jedenfalls groß für ein so kleines Geschäft wie ihres. Und wenn sie jetzt genauer darüber nachdachte …

Die Sträuße und Gestecke waren sicher für dieselbe Hochzeit bestimmt, zu der auch Caleb angereist war.

Zwei große Sträuße für die Bodenvasen seitlich vom Altar in der Kapelle des Romantikhotels, ein Brautstrauß, einer für die Brautjungfer, ein aufwendiges Bouquet für die Brautmutter und Anstecker für den Bräutigam und seinen Trauzeugen.

Der Name auf der Bestellung lautete allerdings weder Eagleton noch Black oder Sparks, aber falls Brenna und der Abgeordnete tatsächlich heiraten wollten, würden sie es geheim halten und sämtliche Bestellungen über Assistenten laufen lassen.

Gut möglich, dachte Miranda, dass Brenna Corinne beim Blumenschmuck ihrer Hochzeit mit einspannt, selbst wenn Corinne sich dessen nicht bewusst ist.

Oft genug hatte Brenna gezeigt, dass sie sich die Versöhnung wünschte. Sie hatte Geburtstags- und Weihnachtsgeschenke geschickt, die Corinne jedes Mal weiterverschenkt hatte. Selbst Geld hatte Corinne nicht angenommen, und Brennas Nachrichten auf dem Anrufbeantworter hatte sie immer ignoriert.

Als Miranda sich um halb elf in den Blumenladen schlich, war Corinne bereits dort. Die ältere Frau blickte kurz hoch und arrangierte dann weiter rote Rosen mit silbernen und goldenen Schleifen. „Ist es gestern spät geworden?"

Sofort kehrten Mirandas Gedanken zu Caleb zurück, und bevor sie es verhindern konnte, platzte sie heraus: „Ich habe einen Mann getroffen."

„Tatsächlich?" Genau wie Miranda war auch Corinne geschieden und gab sich keiner großen Hoffnung hin, in einem so kleinen Ort wie Mistletoe einen neuen Partner zu finden. „Was Ernsteres? Oder bloß eine Affäre?"

„Könnte auf jeden Fall eine Affäre werden", gab sie offen zu. „Aber da er nur zu Besuch hier ist, würde ich sagen …"

„Dass es nicht mehr als eine Affäre wird", beendete Corinne den Satz für sie.

Das ist mein Schicksal, dachte Miranda und seufzte, während sie ihre Handtasche wegschloss und sich die rot-grüne Schürze anzog. „Da arbeite ich in einem Ort, der sich auf Liebespaare spezialisiert hat, aber für mich gibt es hier höchstens mal eine flüchtige Affäre." Nach kurzem Zögern fuhr sie fort: „Die erste seit meiner Rückkehr hierher."

„Man sollte die Hoffnung nie aufgeben." Corinne legte den Deckel auf die Blumenschachtel und steckte den Lieferschein dazwischen. „Hat er denn gesagt, wie lange er hierbleibt oder was er hier vorhat? Nur damit ich weiß, an wie vielen Tagen ich ab jetzt morgens ohne dich zurechtkommen muss."

„Witzig." Miranda zog die Nase kraus. Ihr war klar, dass das nicht ganz ernst gemeint war. „Nein, er hat nicht gesagt, wie lange er bleibt, und ab morgen bin ich auch wieder pünktlich. Und was den Grund seines Besuchs hier betrifft …" Mehr als Gerüchte hatte sie über Brennas Rückkehr nicht zu Ohren bekommen. Stand es ihr zu, Corinne zu verraten, was sie über ihre Tochter gehört hatte?

„Ja?" Corinne sah sie aus braunen Augen interessiert an. Mit den blonden Strähnen in ihrem schulterlangen Haar sah man ihr ihre 53 Jahre nicht an.

Miranda tastete sich weiter vor, doch Corinne

sollte lieber ihre eigenen Schlüsse ziehen. „Er sagte, er sei wegen einer Hochzeit hier."

„Wegen der, für die wir hier die Sträuße machen?"

„Gut möglich. Er sagte, es sei eine ganz private Feier, aber wenn die Medien davon erfahren, würde ein großer Rummel einsetzen."

Corinne wurde rot, während sie Miranda die Schachtel mit den Rosen zuschob. Dabei wich sie ihrem Blick aus und ging vom Arbeitstisch zum Auftragsbuch, das gleich neben dem Telefon lag. „Dann sollte ich mich lieber sputen, stimmt's? Bei so einem großen Event sollen unsere Sträuße schließlich nicht kümmerlich aussehen, oder?"

Miranda senkte den Blick auf die Schachtel, die vor ihr lag. Sie konnte nicht wissen, was in Corinne vorging, aber offenbar hatte auch Corinne gehört, dass ihre Tochter Brenna im Hotel wohnte.

Mit einer Hand schob sie die Schachtel ein Stück von sich, öffnete mit der anderen eine Schublade unter dem Tisch und wickelte etwas Geschenkband von einer der darin angebrachten Rollen. „Ich bin sicher, dass du damit großartig fertig wirst, aber wenn es dir lieber ist, übernehme ich die Hochzeit. Und du kümmerst dich um den Blumenschmuck für die Dinnerparty von Bürgermeister Flynn."

Corinne antwortete nicht. Sie stand nur da und beobachtete, wie Miranda kariertes Weihnachtsband um die Schachtel schlang. „Gestern hat Marvetta Chance behauptet, Barry habe Teddy Eagleton vom Flughafen abgeholt."

„Aha."

„Als Patrice Zoe nach der Chorstunde abgesetzt hat, habe ich sie gefragt, ob es stimmt, dass Brenna in der Stadt ist."

„Und? Was hat sie geantwortet?" Miranda war fest davon überzeugt, dass Alans Frau es mit der Diskretion ernster nahm als Barry, der Shuttle-Fahrer des Hotels.

„Nichts. Aber wir wissen beide, dass Patrice, wenn es die Hotelgäste betrifft, so verschwiegen ist wie ein Priester beim Beichtgeheimnis."

Miranda wollte sich nicht in Corinnes Leben drängen, aber sie kannten sich schon lange genug, dass Miranda ihrer Angestellten offen sagen konnte, was sie dachte. „Es geht mich ja nichts an, aber glaubst du nicht, dass Brenna ihren Teddy vielleicht ganz absichtlich hier heiratet, weil sie sich wünscht, dass du zu ihrer Hochzeit kommst?"

„Wahrscheinlich will sie mir damit nur eins auswischen. ‚Sieh her, Ma', will sie mir damit sagen, ‚das Geld nehme ich mir von dir, und Teddy nehme ich seiner Ehefrau weg, und du kannst nichts dagegen tun.'" Kopfschüttelnd trat Corinne näher und hielt die Schleife, während Miranda sie festzog. „Ich hoffe nur, dass ihre Schwester nicht mitbekommt, dass Brenna hier ist."

Jetzt sah Miranda keinen Sinn mehr darin, sich taktvoll zurückzuhalten. „Wann hat Zoe sie denn das letzte Mal gesehen?"

Corinne zuckte mit den Schultern. „Letztes Jahr

hat Brenna sie an ihrem Geburtstag von der Schule abgeholt. Sie ist das Wochenende mit ihr nach Denver gefahren und hat sie dort nach Strich und Faden verwöhnt.“ Mit den Blumen verschwand sie aus dem Verkaufsraum. „Glaub mir, wenn es nach mir ginge, würde sie Brenna niemals wiedersehen.“

Stirnrunzelnd folgte Miranda ihr. „Das meinst du doch nicht ernst.“

„Und ob. Zoe hat ihr ganzes Leben noch vor sich. Ich will nicht, dass ihre Schwester Einfluss auf sie nimmt. Sonst landet sie noch in demselben Schlamm, durch den Brenna anscheinend so gern watet.“

Die Medien hatten sich voller Begeisterung auf jedes skandalöse Detail aus Ravyn Blacks Leben gestürzt und auch ihre Familie nicht verschont. Da sie Ähnliches durchgemacht hatte, ging Miranda eigentlich davon aus, dass Brenna sich nach dem Verständnis und Beistand ihrer Mutter sehnte.

Aber Corinne war nicht bereit, den Kummer zu vergessen, den Brenna ihr bereitet hatte. Es war schon ein Wunder nötig, um Mutter und Tochter wieder miteinander zu versöhnen.

4. KAPITEL

Immer noch müde, frierend und hungrig, folgte Caleb der Empfangshostess zu dem ruhigen Tisch, den er im „One in Vermillion“ reserviert hatte. Es war eines der beiden Hotelrestaurants, und hier war der Dresscode nicht so förmlich wie im anderen Restaurant namens „Will Ruby Mine“.

Allmählich nervte ihn die rote Einrichtung, heute allerdings weniger wegen des Themas von Liebe und Romantik, sondern wegen der Clubsängerin, die ihre Identität hinter roten Kostümen und roten Haaren verbarg.

Vermutlich hatte Candy, oder wie immer sie auch hieß, genau gewusst, was sie tat, als sie ihn in den Lagerraum geführt und dort eingesperrt hatte. Caleb musste zugeben, dass er es verdient hatte. Wieso hatte er sie nicht in Ruhe gelassen und wie jeder andere Mann abgewartet, bis sie ihm von sich aus offenbarte, wer sie war?

Aber Caleb war nicht wie jeder andere Mann. Als Journalist steckte ihm die Neugier im Blut. Außerdem blieb ihm nicht viel Zeit. Eigentlich hatte er gleich nach der Hochzeit am Samstagabend abreisen wollen, doch gerade eben, auf dem Weg zum Treffen mit Ravyn, hatte er einen kurzen Stopp an der Rezeption eingelegt und seinen Aufenthalt verlängert.

Das war nicht gerade leicht gewesen, weil das Hotel so kurz vor den Feiertagen ausgebucht war. Dennoch war es ihm mit Charme, einem üppigen Trinkgeld und nach langem Überreden geglückt, sein Zimmer zumindest noch über das Wochenende zu behalten.

Spätestens am Montagmorgen würde er entweder zum Flughafen fahren und mit dem umgebuchten Ticket nach Hause fliegen, oder er würde den Berg hinunterfahren, sich eine einfachere Unterkunft suchen und mit einem Mietauto hin- und herfahren müssen, denn bestimmt war Candy nicht bereit, ihn bei sich zu Hause aufzunehmen und dort zu bekochen.

Auf das Bekochtwerden konnte er verzichten. Verdammt, er würde es sogar überleben, wenn sie ihn nicht zu sich ins Bett ließ. Diese Aussicht war zwar alles andere als verlockend, doch wie er ihr bereits gesagt hatte, war noch kein Mann an mangelndem Sex gestorben.

Viel mehr würde es ihm zu schaffen machen, von hier abzureisen, ohne erfahren zu haben, wer sie wirklich war. Das hatte nichts damit zu tun, dass sie ihm vom ersten Moment an bekannt vorgekommen war. Vor allem interessierte ihn die Frage: Wer war die Frau, die einen Fremden im Nachtclub küsste, als bedeute ihr dieser Moment mehr als ihr gesamter Auftritt?

Der Kuss, die Vertrautheit und die Intimität in ihrer Garderobe. Immer noch konnte er es kaum fassen, dass sie sich ihm dort so willig hingegeben hatte. Möglicherweise hing das mit der Atmosphäre des Romantikhotels zusammen, aber Candy schien selbst ziemlich überwältigt gewesen zu sein.

Nein, er konnte nicht von hier abreisen, ohne

mehr über sie herausgefunden zu haben, und das stellte ein echtes Problem dar. Er traute sich selbst nicht mehr zu, etwas für sich zu behalten, was ihm unter dem Siegel der Verschwiegenheit anvertraut wurde. Er konnte die Grenze zwischen dem Privatmann Caleb und seiner Rolle als Max nicht mehr klar ziehen. Und weil er davon ausging, dass Candy ihre Geheimnisse hatte …

„Mr. McGregor?"

Er blickte hoch und rechnete damit, die Kellnerin vor sich zu sehen, die ihm seinen Kaffee brachte. Als er sah, dass er sich geirrt hatte, runzelte er unwillig die Stirn. Vor seinem Tisch stand eine junge Frau, fast noch ein Mädchen. Wie so viele andere trug sie eine tief sitzende Jeans, farbenfrohe, dicke Boots und gleich mehrere Tops übereinander. Die Haare hatte sie sich mit einem Stirnband nach hinten geschoben, ihr Gesicht war völlig ungeschminkt.

„Ja?"

„Ich bin Brenna Sparks. Wir sind verabredet."

„Sind wir?" Ohne seinen Kaffee war er zwar geistig noch nicht ganz auf der Höhe, aber ihr Name hätte ihm sicher etwas gesagt, wenn er ihn schon mal gehört hätte.

Entnervt verdrehte sie die Augen und sah ihn dann abwartend an. Als er offensichtlich immer noch nicht wusste, wer da vor ihm stand, warf sie den Kopf in den Nacken, packte das oberste ihrer Tops am Halsausschnitt und riss es mit einem schrillen Schrei entzwei. Nicht zuletzt dieser Schrei galt mittlerweile als Markenzeichen der Evermore-Sängerin bei ihren Auftritten.

Okay, sie ist kein Mädchen, dachte Caleb, aber die Ehefrau eines Abgeordneten stellt man sich auch anders vor. Brenna Sparks war Ravyn Black. Schwer zu glauben, dass diese Frau, die kaum älter als zwölf Jahre aussah, für Teddy Eagleton das darstellte, was Marilyn Monroe für John F. Kennedy war. Mehr noch, denn jetzt wollten die beiden den Bund fürs Leben eingehen.

„Entschuldigen Sie." Er stand auf und deutete auf den freien Stuhl ihm gegenüber, während er lächelnd zu den übrigen Restaurantgästen sah, die anscheinend keine Fans von kreischenden Rockstars waren. „Bitte setzen Sie sich doch, ich versuche immer noch, wach zu werden."

Ihr Blick wirkte jetzt eher mütterlich. „Es ist fast Mittag."

Belustigt darüber, dass ein Rockstar ihn wegen seiner Schlafgewohnheiten kritisierte, zuckte er mit den Schultern. „Was soll ich sagen? Es war eine aufregende Nacht."

Sie ließ sich auf den Stuhl fallen, griff nach dem Glas Wasser, das vor ihr stand, und trank es halb leer, bevor sie Caleb wieder ansah. „Mache ich einen Fehler? Ist der Kerl, dem ich meine Geschichte erzählen will, ein Idiot?"

Er gab dem Kellner einen Wink, ihm Kaffee zu bringen, und setzte sich. „Keine Sorge, ich war nur kurz in Gedanken versunken, weil ich bis spät in die

Nacht versucht habe, die Lösung für ein Problem zu finden."

Der Kellner brachte Kaffeesahne, deckte Tassen und Teller auf den Tisch, reichte ihnen die Speisekarten und erklärte ihnen die Spezialitäten des Tages.

Während Brenna aufmerksam zuhörte, holte Caleb aus der Jacketttasche sein kleines Aufnahmegerät, stellte es an und zückte seinen Notizblock.

„Suchen Sie sich in aller Ruhe etwas aus, ich komme gleich wieder und nehme die Bestellungen auf." Der junge Kellner, der in schwarzer Hose, weißem Hemd und mit roter Krawatte vor ihnen stand, wollte sich gerade abwenden, als Brenna ihn aufhielt.

„Könnten Sie mir eine Portion Krabbenchips bringen?" Fragend sah sie zu Caleb, doch der schüttelte den Kopf. „Das wäre im Moment alles."

„Kommt sofort."

Caleb wartete, bis der Kellner gegangen war. „Stört es Sie, wenn ich unsere Unterhaltung aufzeichne? Ich mache mir auch Notizen, aber mit Aufzeichnung ist es immer zuverlässiger."

Sie griff nach dem Recorder, schaltete ihn ein und hielt sich das Mikrofon direkt vor den Mund. „Und wir wissen doch alle, wie viel Wert Reporter auf zuverlässige Berichterstattung legen."

Auf diese Diskussion wollte er sich im Moment nicht einlassen. „Sie haben Max die Exklusivrechte gewährt, und diese Verpflichtung nimmt er sehr ernst. Am liebsten ist es ihm, wenn Sie in eigenen Worten Ihre Beziehung zum Abgeordneten Eagleton schildern."

Mit einem Schulterzucken reichte sie ihm den Recorder zurück. „Bringen wir's hinter uns. Um drei bekomme ich eine Gesichtsmaske und eine Massage."

Caleb nahm ihr den Recorder ab und ließ ihn laufen. Er musterte die junge Frau, die überraschend eingehend die Speisekarte studierte. Als der Kellner die Krabbenchips servierte, bestellte Brenna eine große Folienkartoffel mit allen Zutaten. Da es Caleb im Moment völlig egal war, was er aß, bestellte er einfach das Gleiche.

Brenna bestand darauf, dass er auch von den Krabbenchips aß, und nach dem ersten Bissen war er froh, dass er sich hatte überreden lassen. „Das gefällt mir so daran, beruflich unterwegs zu sein."

„Krabbenchips zum Lunch?"

„Das Frühstück, der Lunch, das Dinner oder auch der Snack um Mitternacht."

„Bei so einer Ernährung sollten Sie nur zusammen mit dem Mediziner Ihres Vertrauens verreisen."

„Ach, ich brauche nur meine umfangreiche Reiseapotheke."

Brenna stieß die Luft aus und aß von ihren Chips. Eine Weile schwiegen sie, bis sie schließlich fragte: „Wo fangen wir jetzt an? Was wollen Sie hören? Wie Teddy und ich uns kennengelernt haben? Die Details der Hochzeit? Oder Insider-Infos über unser neues Album?"

Alles, dachte Caleb. Doch er wartete mit der Antwort, während der Kellner ihnen riesige Backkartoffeln mit geschmolzener Butter, Sour Cream, Käse,

Schnittlauch und Speck servierte. Sein Magen knurrte. „Gestern habe ich den Abgeordneten in der Lobby gesehen."

Entnervt erwiderte Brenna seinen Blick. „Es ist eine Hochzeit. Ich bin die Braut, er ist mein Bräutigam."

„Lehnt er es immer noch ab, dass die Presse dabei ist?" Caleb zog ein Stück Kartoffel durch die geschmolzene Butter.

Bevor sie antwortete, ließ sie sich vom Kellner noch ein Mineralwasser bringen und trank einen Schluck. „Begeistert ist er nicht davon, dass die Medien durch Max Savage vertreten sind, aber er stimmt mir zu, dass es besser ist, als wenn wir auf Maui heiraten und Hubschrauber über dem Strand kreisen. Oder wenn es anschließend Dutzende von sich widersprechenden Berichten gibt, die ihm nur noch größere Probleme bereiten. Die Reporter werden ihn zwar trotzdem mit Fragen nerven, aber …"

„Aber zur Not gibt es dann wenigstens Aufzeichnungen, mit denen sich die Wahrheit belegen lässt."

„Genau."

„Ich bin sicher, für ihn als Politiker sind die Medien manchmal genauso lästig wie für Sie mit Ihrer Rockband."

Nachdenklich ließ sie das Besteck sinken und lockerte die Schultern, als müsse sie überlegen, welche ihrer Gedanken sie mit einem Reporter teilen wollte. Als sie Caleb wieder ansah, las er aus ihrem Blick eher Verunsicherung als Selbstbewusstsein, und das faszinierte ihn genauso sehr wie ihre Antworten.

„Wir lieben unsere Arbeit", stellte sie klar. „Die Band und ich glauben an das, was wir mit unseren Songs vermitteln wollen. Es bedeutet uns sehr viel."

Als sie den Blick auf ihren Teller senkte, wirkte sie wie ein kleines Mädchen, dessen Gefühle verletzt worden waren. „Aber darüber wird in den Berichten natürlich kein Wort geschrieben. In den Artikeln über unsere Musik geht es immer nur um kurze Ausschnitte von Songs, die aus dem Zusammenhang gerissen werden. Und ja, ich wusste, worauf ich mich einlasse, als ich diese Karriere gewählt habe."

Sicher hatte sie mit einigem von dem gerechnet, was über Evermore geschrieben wurde, aber Caleb bezweifelte, dass sie oder die anderen Bandmitglieder darauf vorbereitet gewesen waren, als ihnen vorgeworfen wurde, sie würden in ihren Texten zu Drogenkonsum, Gelegenheitssex, Aufruhr und sogar zum Selbstmord aufrufen. Das alles war zwar nichts Neues in der Musikbranche, aber durch die verstärkte Internetpräsenz der Band wurde das alles einer noch breiteren Öffentlichkeit bekannt.

Als Max Savage hatte Caleb über all das bereits berichtet. Er hatte auch enttäuschte Fans interviewt, die behaupteten, durch ihre Affäre mit dem charismatischen konservativen Abgeordneten würde Ravyn ihre eigenen Ideen verraten. Damit würde sie zeigen, dass sie nicht hinter ihren eigenen Texten stand.

„Sie wissen sicher, dass es heißt, Sie würden Teddy Eagleton nur heiraten, um Ihre Musik familientauglich zu machen. Wer kann seinen Kindern noch verbieten, die Songs von Evermore zu hören, wenn der konservative Abgeordnete Eagleton die Leadsängerin geheiratet hat?“

„So ein Blödsinn.“ Brenna schüttelte den Kopf. „Teddys Generation ist mit den Songs von Def Leppard und Poison aufgewachsen, meine Generation mit Marilyn Manson und Nine Inch Nails. Teddys Generation hat sich zu anständigen Menschen entwickelt und meine auch. Die Kids von heute, also die Altersgruppe meiner Schwester, werden sich ebenfalls prächtig entwickeln. Das hat nichts mit der Musik zu tun, sondern damit, dass man erkennt, wer man ist und was man will.“

Er konnte nicht glauben, dass sie so naiv war oder, schlimmer noch, dass er sich unwohl fühlte, weil er zum Teil mitverantwortlich war für den Kummer, den die Presse ihr bereitet hatte.

Caleb schüttelte diese Gedanken ab. „Glauben Sie, dass die Kids im Alter Ihrer Schwester wissen, wer sie sind und was sie wollen? Meinen Sie nicht, dass sie sich beeinflussen lassen, wenn Evermore darüber singen, allem Schmerz ein Ende zu setzen?“

Brenna warf ihre Gabel auf den Tisch und ließ sich auf ihrem Stuhl nach hinten sinken. „Na, großartig! Immer werden solche Textzeilen aus dem Zusammenhang gerissen, ohne dass jemand darauf achtet, was davor oder danach kommt.“

„Habe ich falsch zitiert?“

„Ja, was meinen Sie denn?“

Als Caleb etwas einwenden wollte, hob sie die Hand, schloss die Augen und sang dann einen ihrer Songs. Sie sang darüber, wie schwer einem das Leben manchmal erscheint, aber dass man nicht allein bleiben müsse. Das Ende der Schmerzen sei ganz nah, man müsse nur die Hand ausstrecken, und dann könne man sich selbst aus seiner Einsamkeit befreien.

Als sie schließlich verstummte, tief durchatmete und ihn wieder ansah, erkannte Caleb Tränen in ihren geröteten Augen. Sie hatte all ihre Gefühle in den Song gelegt, und das hatten auch die übrigen Restaurantgäste bemerkt, die jetzt aufstanden und applaudierten.

Selbst Caleb war gerührt.

Brenna griff wieder nach ihrer Gabel und flüsterte: „Ich singe davon, seine Zukunft selbst zu gestalten. Wie kann man das als destruktiv bezeichnen?"

Darauf wusste er auch keine Antwort. Er atmete tief durch. „Wollen Sie durch eine Beziehung mit einem Abgeordneten Ihre Mutter dazu bringen, Ihr Leben als Musikerin zu akzeptieren?"

„Wenn meine Mutter und ich nur wegen meiner Musik zerstritten wären, könnte es vielleicht helfen, mit Teddy zum Weihnachtsdinner zu erscheinen. Aber es geht nicht um die Musik, daher stimmt es nicht, was Sie sagen."

Interessiert beugte er sich vor. „Worum geht es zwischen Ihrer Mutter und Ihnen?"

Verärgert lehnte auch Brenna sich nach vorn. „Wenn dieses Interview nicht vorzeitig beendet sein soll, stellen Sie mir diese Frage nicht noch einmal."

Anscheinend war das ein wunder Punkt. Er würde später darauf zurückkommen. „Sprechen wir über Ihren Bräutigam. Wie haben Sie ihn kennengelernt? Wie hat Ihre Beziehung sich im Lauf der Monate entwickelt? Wie haben Sie beide die öffentliche Reaktion aufgenommen? Welche Konsequenzen hat das für Ihre Band?"

Was Brenna ihm in den nächsten zwei Stunden erzählte, hatte Caleb zum Teil schon gewusst oder zumindest vermutet. Was ihn an der jungen Frau überraschte, war ihre Verletzlichkeit. Als Sängerin von Evermore gab sie sich selbstsicher und energisch, aber Ravyn Black war genau so eine Kunstfigur wie Max Savage. Oder Candy Cane.

Ravyn Black hatte spontan voller Inbrunst einen ihrer Songs gesungen, zusammen mit ihm Folienkartoffeln gegessen und sich anschließend noch ein Stück Zitronenkuchen bestellt. Das kam ihm alles etwas absurd vor.

Alles, worüber er in seiner Kolumne als Max Savage berichtete und was dann spätabends in den Nachrichten unter seinem Namen im Fernsehen gesendet wurde, war nur die Oberfläche. Die Wahrheit lag immer tiefer darunter, und niemand wollte, dass diese Schichten ans Licht der Öffentlichkeit kamen.

Während Brenna weitersprach und er ab und zu nachhakte, musste er immer wieder an Candy denken. Was war es wohl, was Candy Cane zu verbergen versuchte?

Wieso trat sie in diesen Kostümen auf und verbarg sich hinter dieser Kunstfigur? War das nur Show, damit es zum Thema des Romantikhotels passte? Oder ging es ihr darum, ihre wahre Identität zu verheimlichen? Caleb wusste, wieso er nicht zugab, wer er wirklich war, aber Candy steckte schließlich nicht in seiner Lage.

Sie trat auf einer kleinen Bühne auf, und ihr Publikum bestand aus Liebespaaren, die ihr nur einen geringen Teil ihrer Aufmerksamkeit schenkten. Wollte sie nur ihr Privatleben schützen? Ging es um die Person, die sie im Alltag in Mistletoe war? Oder steckte mehr dahinter? Gab es in ihrer Vergangenheit auch Schmerzvolles, das niemand erfahren sollte? Genau wie bei Brenna?

„War's das?"

„Eines noch." Caleb zwang sich, nicht mehr an Candy zu denken, sondern konzentrierte sich auf die Frau mit den unterschiedlichen Identitäten, die vor ihm saß. Er stieß in die Wunde, obwohl er wusste, dass das Thema tabu war, denn als Journalist war er dazu verpflichtet. Er wollte die ganze Geschichte erzählen und dafür alle Details erfahren. „Was ist zwischen Ihnen und Ihrer Mutter vorgefallen?"

Brenna erstarrte. „Ich sagte Ihnen doch bereits, nicht weiter auf dieses Thema einzugehen."

„Ich weiß. Trotzdem will ich es wissen."

Sie stand auf, hob ihre Serviette vom Boden auf und warf sie auf den Tisch. „Dann müssen Sie lernen, Ihre Neugier zu beherrschen."

Schon bald werde ich mit den ewigen Fragen aufhören, dachte er, aber diese eine Geschichte muss ich noch erzählen. „Wird Ihre Familie auch zur Hochzeit kommen?"

Als Antwort hob sie im Weggehen nur den Mittelfinger.

„Wer ist da?"

Miranda stand in ihrer Garderobe, als es an der Tür klopfte. Sie hatte ihre Perücke noch nicht aufgesetzt, trug noch Brille und Freizeithose und wollte nicht riskieren, dass Caleb sie jetzt sah, nachdem sie sich gestern Nacht so große Mühe gegeben hatte, ihr Inkognito zu wahren.

„Ich bin's. Patrice."

Ein Glück. „Komm rein, Süße."

Alans Frau kam herein und prüfte, ob die Tür hinter ihr ins Schloss gefallen war. Miranda fiel es auf, doch sie sagte nichts dazu. Offenbar wollte Patrice ganz ungestört mit ihr sprechen.

Patrice trug ihr langes schwarzes Haar zu einem Zopf geflochten über der Schulter. Sie hatte Lederstiefel an, eine ausgeblichene Jeans und einen schwarzgrün gemusterten Pullover. Diese Kluft war für sie genauso eine Uniform wie das, was sie als Mitglied der Skiwacht auf der Piste trug.

„Was tust du hier noch so spät am Abend?" Miranda bemerkte, dass ihre Freundin, die sich neben sie auf die Bank vor dem Schminktisch setzte, leicht rot wurde.

Aus großen Augen sah Patrice sie an. „Erzähl mir

von diesem aufregenden Mann. Ich will alles hören, jedes Detail. Während meiner Schicht ist absolut nichts passiert. Keine Lawine, kein Unfall, kein Rettungseinsatz, kein verschollener Skifahrer."

Tratsch! Einerseits der Fluch, den Miranda nicht loswurde, andererseits immer wieder ein großer Spaß zwischen Freundinnen, bei dem Miranda gern, wenn auch meist mit schlechtem Gewissen, mitmachte. „Wer hat gepetzt? Alan oder Corinne?"

„Ehrlich gesagt beide. Aber Corinne wusste nicht genug, um es richtig darzustellen, und Alan bekommt als Mann ohnehin nicht mit, was wichtig ist." Lachend stieß Patrice Miranda gegen die Schulter. „Und? Du weißt, auf welche Details es mir ankommt, stimmt's?"

Im Spiegel sah Miranda ihr in die Augen. „Leider gibt es gar nicht viel zu berichten. Ich habe ihn während meines Auftritts geküsst, und ..."

„Du hast was?" Fassungslos erwiderte Patrice ihren Blick.

Aufstöhnend nickte Miranda. „Es war wirklich seltsam. Wie üblich bin ich zum Ende meines Gigs ins Publikum gegangen, und da saß er. Ganz allein. Der einzige Mensch im Club, der allein an seinem Tisch saß. Es kommt sowieso selten vor, dass einer der Gäste Single ist."

„Und deswegen hast du ihn geküsst? Weil er allein war?"

Es klang in diesem Moment tatsächlich etwas albern. „Glaub mir, ich habe bereits versucht, einen anderen Grund zu finden."

„Und? Keine bessere Ausrede gefunden, ja?“ Patrice nahm einen von Mirandas Lippenstiften, öffnete ihn und zog beim Anblick des Farbtons die Brauen zusammen. „Was meinst du?“

„Steht dir bestimmt“, stellte Miranda fest und seufzte. „Aber nein, du hast recht: keine andere Ausrede gefunden.“ Sie sah zu, wie ihre Freundin sich dichter zum Spiegel beugte und das dunkle Korallenrot auf ihre Lippen auftrug. „Ein einsamer Mann darf mich nicht dazu verführen, das Leben, das ich mir hier aufgebaut habe, aufs Spiel zu setzen.“

„Wer sagt das? Einen besseren Grund als einen einsamen Mann gibt es überhaupt nicht. Außerdem bleibt er gar nicht lange genug, um dein Leben aus den Fugen geraten zu lassen.“ Patrice spitzte die Lippen und betrachtete sich prüfend. „Ich frage mich, ob Alan das gefällt.“

Miranda, die wusste, dass Patrice sich nur selten schminkte, musterte ihre Freundin nachdenklich. „Vielleicht solltest du zum Ausgleich deine Augen noch ein bisschen betonen.“

„Findest du mich unausgeglichen?“ Stirnrunzelnd sah Patrice sich im Spiegel an.

Miranda lachte amüsiert. „Nur dein Gesicht.“

„Danke. Ein Glück.“ Patrice schnappte sich eines von Mirandas Stirnbändern und schob sich die Haare aus dem Gesicht. „Aber ich meine es wirklich ernst.“

„Was? Das mit dem Risiko?“

„Natürlich. Du bist jetzt seit fünf Jahren hier, und du hattest noch kein einziges Date. Kein Mensch spricht mehr von deiner Scheidung. Was wäre schlimm daran, wenn jemand, der dich von früher kennt, herausbekommt, dass du hier lebst? Wenn irgendetwas dein Leben ruiniert, dann ist es deine eigene übertriebene Vorsicht." Vielsagend sah sie Miranda in die Augen. „Ich meine, fünf Jahre ohne Sex? Wie hältst du das aus?"

Miranda ertrug es, weil es hier keine Männer für ein Date gab und weil sie zu beschäftigt war, um sich jemanden zu suchen. Zugegeben, sie übertrieb es wahrscheinlich mit der Geheimhaltung ihrer Vergangenheit. Anfangs war es ein notwendiges Übel gewesen, und dann war es ihr zur Gewohnheit geworden. Jetzt empfand sie es oft wie ein Gleis, von dem sie nicht mehr abbiegen konnte. Zumal jetzt die Berufungsverhandlung anstand.

Im Nachhinein sagte es sich leicht, dass sie das Ganze vielleicht auch weniger emotional und etwas logischer hätte abwickeln können. Aber jetzt lebte sie hier, und im Grunde war ihr Leben gar nicht so schlimm. Falls doch, dann hatte sie sich bis jetzt ausgezeichnet selbst belogen. Sie wandte sich wieder an Patrice.

„Gerade jetzt wird wieder überall über Marshall berichtet. Wenn bekannt würde, dass die Ex-Mrs. Gordon in einem Liebesnest in den Rocky Mountains lebt, würden die Reporter sich gegenseitig über den Haufen rennen, um Flüge hierher zu buchen."

„Aber was hat das damit zu tun, ob du dich hier auf eine Affäre einlässt?"

„Der Mann, mit dem ich eine Affäre habe, soll nicht von hier abreisen, in den Medien die Fotos von damals sehen und sich an die Presse wenden: Hey, ich weiß, wo sie steckt. Ich hatte gerade Sex mit ihr."

Fast hätte Patrice entnervt aufgeseufzt. „Das befürchtest du?"

„Übertrieben?" Miranda hob die Schultern. „Vielleicht, aber bisher bin ich mit meiner Vorsicht ganz gut gefahren."

„Zumindest hast du es dadurch geschafft, fünf Jahre enthaltsam zu leben." Patrice entschied sich für einen grünen Lidschatten. „Setzt dir das nicht zu?"

„Manchmal schon." Eigentlich sogar sehr oft. „Gestern Nacht hat uns nur der Mangel an Kondomen aufgehalten."

„Hab ich dir nicht gesagt, du sollst dir mit jedem Paket Tampons auch Kondome kaufen?"

Jetzt wurde Miranda rot. „Wenn ich das jedes Mal getan hätte, besäße ich jetzt einen Vorrat, der locker bis zu den Wechseljahren reichte."

Patrice schminkte sich die Lider und betonte mit dunklem Kajal die Augenwinkel. „Wenn du auch nur ein Mal daran gedacht hättest, würdest du jetzt verklärt und selig lächeln." Nachdenklich ließ sie die Hände sinken. „Hoffentlich fängt Alan an, mir die Kleider vom Leib zu reißen, sobald er mich in dieser neuen Aufmachung sieht. Damit *ich* morgen verklärt und selig lächle. Er kennt doch die Kombination, wie er deine Garderobe öffnen kann, oder?"

„Kommt überhaupt nicht infrage. Wenn du vorhast, hier nackt in meiner Garderobe zu warten, während ich auftrete, dann vergiss das gleich wieder. Caleb im Publikum zu haben, reicht mir schon. Mir vorzustellen, dass du hier mit Alan Sex hast, wäre wirklich zu viel für mich."

„Caleb, ja?" Patrice sprach es aus, als müsse sie den Klang des Namens prüfen. „Gefällt mir. Wie ist er so? Wo kommt er her? Was tut er beruflich? Wieso ist er hier?"

„Ich weiß nicht genau, woher er stammt. Er hat es nicht gesagt, aber ich glaube, er kommt von der Ostküste. Er ist umsichtig, sexy und sehr nett. Nicht aufdringlich. Er küsst fantastisch, flirtet gern und versteht hoffentlich Spaß."

„Wieso das?"

„Als ich gestern gegangen bin, ist er mir gefolgt."

„Bis nach Hause?"

Miranda schüttelte den Kopf. „Nur den Flur entlang, durch die Küche und den Lagerraum bis zum Parkplatz."

„Zu deinem Auto."

„Ganz so weit ist er nicht gekommen." Miranda dachte an sein Gesicht, das sie verschwommen hinter der Scheibe gesehen hatte, als er ihr nachgesehen hatte. „Das Letzte, was ich von ihm gesehen habe, war sein Gesicht am Fenster zum Parkplatz. Dort saß er fest."

„Du hast ihn im Lagerraum eingesperrt?" Als Miranda nickte, lachte Patrice vergnügt. „Glaubst du, er hat die ganze Nacht dort verbracht?"

„Wahrscheinlich ist er um das Hotel herum zum Haupteingang gelaufen."

„Und hat sich dabei den Hintern abgefroren." Wieder lachte Patrice auf, dann trug sie Mascara auf ihre Wimpern auf. „Wenn du mit ihm schläfst, wirst du an mehr als nur die Kondome denken müssen. Wirst du deine Kontaktlinsen tragen? Oder deine Brille? Perücke oder nicht?"

„Ja, darüber habe ich mir auch schon den Kopf zerbrochen."

„Und?"

„Kommt drauf an, ob ich mehr als nur eine Nacht von ihm will. Wenn es nur um Sex geht, wieso sollte ich dann mehr als nur die Unterwäsche ausziehen?"

„Weil nichts schöner ist als den Körper des Partners von Kopf bis Fuß zu spüren."

„Also schön, dann ziehe ich alles aus, abgesehen vielleicht von der Perücke." Sie spielte mit den Strähnen der Perücke, die sie heute Abend tragen würde und die noch auf dem Styroporkopf auf dem Schminktisch stand. „Wir könnten hier Sex haben. An der Wand oder auf dem Boden oder auch auf der Bank."

„Stimmt."

„Aber wenn wir gemeinsam essen oder einen Drink zu uns nehmen und uns besser kennenlernen? Soll ich dann als Candy mit ihm schlafen oder als Miranda? Wie viel von mir will ich ihm offenbaren?" Ihr wurde heiß. „Soll er mich als Miranda Kelly kennen, die das Blumengeschäft in Mistletoe besitzt? Oder als die ehemalige Miranda Gordon, die in Baltimore gelebt hat und mit Marshall, dem Mistkerl, verheiratet war?“

Patrice legte ihr einen Arm um die Schultern und zog sie an sich. „Warum so kompliziert? Lass es doch einfach auf dich zukommen und entscheide ganz spontan.“

„Schön und gut. Leider befürchte ich, dass er nicht lange hierbleiben wird.“ Miranda klang bedrückt.

„Du hast mir noch nicht verraten, wieso er überhaupt hier ist?“ Patrice konzentrierte sich wieder auf ihr Make-up.

„Er ist wegen einer Hochzeit hier.“

„Wissen wir auch, wer heiratet?“

„Nein.“ Miranda schwieg abwartend, bis Patrice ihr in die Augen sah. Dann fügte sie hinzu: „Aber Teddy und Brenna sind beide hier.“

Ungläubig erwiderte Patrice ihren Blick. „Ist das ein Witz?“

„Corinne wusste es, da dachte ich, du weißt es auch.“

„Nein. Ich war mit den Vorbereitungen des Weihnachtsballs zu beschäftigt. Ich brauche immer noch jemanden, der dort singt. Abgesehen von Zoe“, fügte sie schnell hinzu, bevor Miranda etwas einwenden konnte. „Sie steht schon auf dem Programm. Ich dachte nur, ich könnte noch jemanden mit etwas mehr … Erfahrung für unseren Ball gewinnen.“

Miranda ignorierte den Wink mit dem Zaunpfahl. „Frag doch Brenna.“

„Bist du wahnsinnig? Corinne würde auf Lebenszeit kein Wort mehr mit mir sprechen. Ich will mir gar nicht vorstellen, was sie gerade durchmacht. Diese ganze Geschichte mit dem Abgeordneten und dem Rockstar ist von Anfang an der reinste Albtraum. Ich kann einfach nicht glauben, dass die beiden heiraten."

Miranda griff nach ihrem Schwamm und begann, sich die Grundierung ihres Bühnen-Make-ups aufzutragen. „Wenn sie ihre beiden Töchter beim Ball auf der Bühne sieht, könnte das doch genau der Anlass sein, der zur Versöhnung führt. Es sei denn, es gibt eine Hochzeit, und es geschieht wie durch ein Wunder dort."

„Ach, wenn das Leben doch nur so einfach wäre."

„Wirst du es versuchen?"

Patrice stand auf, sah fragend zu Miranda, und als die nickte, steckte sie den Mascara und den Lidschatten ein. „Mal sehen, was Alan davon hält. Und danke für das neue Gesicht."

„Wenn du noch etwas von ihm willst, dann solltest du ihn darum bitten, wenn du so wie jetzt wie ein Laufsteg-Model aussiehst."

„Eher wie ein Model aus einer Auto- und Motorradzeitschrift. Aber Alan mag es, wenn Frauen so eine Art Zielscheibe haben. Dann weiß er, worauf er mit seinem Pfeil anlegen muss." Lachend öffnete sie die Tür.

„Hier in meiner Garderobe wird nicht scharf geschossen", rief Miranda ihr nach, und Patrice rief zurück: „Ich drück dir die Daumen für heute Abend."

5. KAPITEL

Bereits eine Stunde vor Beginn der Show saß Caleb in der Bar des Club Crimson vor einem Glas Mineralwasser mit einem Schuss Zitronensaft. Heute Abend wollte er keinen Alkohol anrühren, um bei Candys Auftritt hundertprozentig nüchtern zu sein.

Für alles, was nach der Show passieren mochte, war er diesmal bestens vorbereitet. Er hatte so viele Kondome bei sich, dass sie beide Sex haben könnten, bis sein Flugzeug am Montagmorgen abhob.

Seltsamerweise hatte er während des gesamten Nachmittags kaum an Candy gedacht. Er hatte sich voll und ganz darauf konzentriert, an seinem Bericht über die Hochzeit zu schreiben und über Brenna Sparks und das zerrüttete Verhältnis zu ihrer Mutter. Immer wieder hatte er sich gefragt, wie das zu der Tatsache passte, dass Brenna sich ausgerechnet Mistletoe als Ort für ihre Trauung ausgesucht hatte. Einen anderen Grund als die Tatsache, dass ihre Mutter hier lebte, konnte er sich nicht denken.

Für eine so kleine Feier hätten Teddy und sie sich von irgendeinem Standesbeamten trauen lassen können. Der anschließende Aufruhr in der Presse wäre genau derselbe wie jetzt, wenn die beiden sich hier das Jawort gaben. Doch Caleb ging in seinem Bericht nicht näher auf diesen Punkt ein. Brenna hatte ihm gesagt, er solle dieses Thema nicht ansprechen, und seit Neuestem respektierte Caleb die Grenzen, die ihm gesetzt wurden.

Erst als sein knurrender Magen ihn daran erinnerte, dass sein Gehirn etwas mehr Nahrung als nur ein paar Krabbenchips und eine Folienkartoffel benötigte, hatte er sein Laptop zugeklappt und sich vom Zimmerservice etwas bringen lassen. Nach dem Essen war ihm aufgefallen, wie spät es bereits war, und so hatte er schnell geduscht, sich angezogen und war hinunter in den Club Crimson gegangen.

Bis zu Candys Auftritt dauerte es noch eine Weile, das ließ ihm Zeit, sich genauer umzusehen. Gestern Abend war er von der Reise erschöpft und vom Alkohol zu benebelt gewesen, um viel aufzunehmen. Abgesehen von der überwältigenden und aufdringlichen Präsenz der Farbe Rot. Doch das hatte ihn weder wacher noch nüchterner gemacht.

Als er den Club betreten hatte, war er bereits zur Hälfte mit Gästen gefüllt gewesen, die durch leise, stimmungsvolle R&B-Songs und Popballaden unterhalten wurden. Kellner eilten mit vollen Tabletts von Tisch zu Tisch und bedienten die Gäste mit Cocktails, Champagner und Bier.

Auf Sofas kuschelten sich die Pärchen aneinander und unterhielten sich gedämpft. Eine Gruppe von drei Pärchen hatte die Sofas um einen Tisch herum gestellt, auf dem jetzt einige Flaschen Wein standen, während die Pärchen sich angeregt über Bestseller, Politik und die Teams mit den besten Chancen auf den Superbowl unterhielten.

Andere Pärchen saßen in den etwas abgeschirmteren Nischen, von denen Caleb die hinterste von gestern Abend kannte. Falls diese Pärchen sich unterhielten, so konnte es niemand der übrigen Gäste hören. Es achtete auch niemand auf sie, es sei denn, sie gaben einem der Kellner ein Zeichen.

Heute wählte Caleb einen Platz am Rand der Bar dicht an der Wand. Dadurch konnte er sich anlehnen und Bühne und Publikum bestens überblicken.

Außerdem saß er hier so erhöht, dass Candy sich schlecht auf seinen Schoß setzen konnte, um ihn zu küssen. Wenn sie sich küssten, dann sollten sie dabei unbeobachtet sein. Caleb war es egal, ob sie dazu in sein Zimmer oder in Candys Garderobe gingen, Hauptsache, der nächste Kuss fand nicht wieder im Club statt.

„Soll ich noch mal nachfüllen? Vielleicht mit etwas Stärkerem?“

Als er hochsah, stand der Barkeeper mit nachdenklichem Blick vor ihm. „Danke, wieder Mineralwasser, bitte.“

Der Mann, der ungefähr in Calebs Alter war und eine Gesichtsbräune hatte, die für Skifahrer typisch ist, kehrte selbst mit dem Drink zurück, anstatt einen seiner Gehilfen zu schicken. „Bitte sehr.“

„Danke.“ Caleb wartete, doch als der Mann nicht wegging, ahnte er bereits, was jetzt kam. Gestern hatte der Barkeeper sich sehr vertraut mit Candy unterhalten. Caleb atmete tief durch. „Keine Sorge, ich habe sie so wohlbehalten verlassen, wie ich sie vorgefunden habe.“

Lachend streckte der Barkeeper die Hand aus. „Alan Price.“

„Caleb McGregor. Ich vermute, Sie und Candy kennen sich bereits seit Ewigkeiten und Sie sind eine Art großer Bruder für sie."

„Als Kinder waren wir Nachbarn. Jetzt bin ich ihr Freund, nicht mehr und nicht weniger."

Dann war dies hier also ihre Heimat. „Und als Freund wollen Sie sicher sein, dass sie nicht den Falschen in ihre Garderobe einlädt."

„Genau dafür sind Freunde doch da, oder?"

Caleb nickte und griff nach seinem Wasser. „Sie ist … ganz anders, als ich gedacht hätte."

Fragend zog Alan die Augenbraue hoch und schob eine Serviette unter Calebs Drink. „Was hatten Sie denn gedacht?"

Er zuckte mit den Schultern. „Viele Künstler benehmen sich auch abseits der Bühne so wie bei ihren Auftritten. Das war bei Candy überhaupt nicht so. Sie war sehr natürlich. Sehr wahrhaftig und sehr reizend." Und unglaublich sexy.

„Das ist sie tatsächlich."

„Sie wollen sicherstellen, dass ich ihr nicht wehtue. Dass ich aus den richtigen Gründen handle."

Alan legte einen Unterarm auf den Tresen und unterdrückte ein Lächeln. „In Candys Fall wären Sie und ich sicher nicht derselben Ansicht, was die richtigen Gründe sind."

In dem Punkt hat er sicher recht, dachte Caleb. Aber meine Gründe gehen ihn absolut nichts an. „Nennen Sie sie auch Candy?"

Alan lachte auf. „Wenn Sie glauben, ich würde Ihnen jetzt ihren richtigen Namen verraten, dann irren Sie sich."

„Nein, das hatte ich nicht geglaubt." Caleb wollte nicht eingestehen, dass er tatsächlich versucht hatte, mehr zu erfahren.

An Alans Miene erkannte er, dass er den Barkeeper nicht täuschen konnte.

„Meine Frau und ich kennen sie seit vielen Jahren, und ja, wir sprechen sie mit ihrem richtigen Namen an."

„Tritt sie hier schon lange auf?"

„Seit einer Weile. Als sie vor ein paar Jahren zurückkehrte, brauchte sie einen Job, um sich nach Sonnenuntergang zu beschäftigen, wie sie es nannte. Eigentlich wollte sie kellnern, aber unsere Sängerin war gerade ausgefallen, und wir brauchten einen Ersatz. Seitdem tritt sie regelmäßig auf."

Und wo arbeitete sie tagsüber? So groß war Mistletoe doch sicher nicht. Caleb fragte sich, wie lange er brauchen würde, sie zu finden, wenn er einfach in den Ort hinunterfuhr und die Straßen entlanglief.

Hatte Alan gesagt, sie sei vor ein paar Jahren zurückgekehrt? Von wo? „Sie sagte, sie habe zuvor noch nie gesungen, abgesehen von einem Kirchenchor."

„Richtig. Aber das konnten wir kaum glauben, als wir sie das erste Mal auf der Bühne erlebt haben. Es war so, als sei sie fürs Singen geboren."

„Und wer hatte die Idee mit dem Kostüm?"

„Wir beide. Sie wollte ihre beiden Leben getrennt halten, und ich wollte einen Aufzug, der zum Thema des Hotels passt."

Dieses Thema zog sich tatsächlich konsequent durch das ganze Hotel. Und wahrscheinlich auch durch ganz Mistletoe. Es hätte Caleb nicht verwundert, wenn er herausgefunden hätte, dass der Weihnachtsmann gleich hier im Ort lebte.

„Ihre Frau will, dass sie beim Weihnachtsball der Highschool auftritt."

„Stimmt, aber das wird Candy nicht tun, und das macht auch nichts, denn im Ort gibt es ein Mädchen, Zoe Sparks, die auftreten wird. Sie singt fabelhaft."

Brennas Schwester sang ebenfalls? Caleb fragte sich, wie ihre Mutter darüber denken mochte. Vielleicht konnte er Näheres darüber herausfinden, wenn er sich mit dem Mädchen unterhielt. Wusste Brennas Familie überhaupt von der anstehenden Hochzeit? Er hob sein Glas und ließ die Eiswürfel kreisen. Es konnte sicher nicht schaden, wenn er einen kurzen Trip hinunter in den Ort machte. Dafür würde er sich einen Wagen mieten müssen …

„Das Licht wird bereits gedämpft. Möchten Sie noch etwas, bevor die Show beginnt?"

Jetzt schon? Caleb war so in Gedanken gewesen, dass er erst jetzt bemerkte, wie der Pianist die ersten Akkorde anschlug.

„Nein, danke, alles bestens." Schlagartig wurde ihm klar, dass er Candy überhaupt nicht bei ihrem Auftritt sehen wollte. Er wollte sie weder mit dem Barkeeper noch mit jemandem aus dem Publikum teilen. Caleb wollte allein mit ihr sein. Hier zu sitzen, ihr beim Singen zuzuhören und zu beobachten, wie sie durch den

Club schlenderte und mit den Gästen flirtete und sie berührte, das war mehr, als er ertragen konnte. Nach allem, was sie gestern Nacht gemeinsam erlebt hatten, war der Gedanke daran, ihr so nahe zu sein, ohne sie so berühren zu können, wie er wollte, einfach unerträglich. Nein, er konnte nicht bleiben.

Aus seinen Taschen suchte er Zettel und Stift hervor und wandte sich erneut an den Barkeeper. „Hey, Alan, haben Sie zufällig einen Umschlag?“

Nach kurzem Suchen brachte Alan ihm einen Fensterumschlag. „Geht das?“

„Bestens. Danke.“ Caleb schrieb seine Notiz für Candy auf, steckte sie in den Umschlag, schob seinen Zimmerschlüssel dazu und überlegte kurz, ob er noch ein Kondom hinzufügen sollte, entschied sich dann aber dagegen.

Auf den Umschlag schrieb er Candys Vornamen und reichte ihn Alan. „Könnten Sie ihr das hier nach der Show geben?“

„Bleiben Sie nicht?“ Alan nahm den Umschlag entgegen und musterte ihn, als könne er durch das Papier hindurch den Inhalt erkennen.

„Geht leider nicht. Mir ist etwas dazwischengekommen.“ Caleb stand auf und hastete aus der Bar, bevor Alan ihn nach Details fragen konnte. Er hätte ihn ohnehin belügen müssen. „Bitte sorgen Sie dafür, dass Candy die Nachricht bekommt.“

Wie an jedem Abend setzte Miranda sich nach der Show noch in ihrer Aufmachung als Candy an die

Bar, um sich mit Alan zu unterhalten, bis er die Bar schloss. Doch im Gegensatz zu sonst gelang es ihr nicht, sich zu entspannen.

Heute Abend hatte sie all ihre Emotionen in jeden einzelnen Song gelegt und es kaum erwarten können, endlich gegen Ende des Auftritts von der Bühne ins Publikum zu gehen. Wenn sie zu früh die Bühne verließ, war das Publikum noch nicht bereit, und wenn sie es zu lange hinauszögerte, dann konnten die Pärchen im Publikum es bereits nicht mehr erwarten, zurück in ihre Hotelzimmer zu kommen.

Seltsam, dass sie gestern bis zum allerletzten Lied gewartet hatte. Sonst ging sie immer schon ein paar Songs früher von der Bühne.

Was war gestern so anders gewesen, dass sie den üblichen Ablauf geändert hatte? Miranda wollte gar nicht daran denken, was sie versäumt hätte, wenn alles wie immer gelaufen wäre.

Aber das war gestern gewesen. Beim heutigen Auftritt war es ihr schwergefallen, nicht ständig an Caleb zu denken, während sie ein Liebeslied nach dem anderen gesungen hatte. Sie liebte ihn zwar nicht, aber die Lust und Faszination, die er in ihr weckte, machten sie rastlos.

Dann hatte sie enttäuscht erkennen müssen, dass er ihr überhaupt nicht zugehört hatte. Und anschließend, in der Bar, hatte sie ihn auch nicht gesehen. Wieso war er nicht gekommen?

„Mach mir den größten Appletini, ach, am besten gleich zwei.“

Alan fing an, ihr den Drink zu mixen. „Möchtest du nicht lieber erst einen austrinken, bevor ich dir den zweiten zubereite?“

Wieso? „Nur weil mich ein Mann versetzt, glaubst du, ich vertrage keine zwei Drinks?“

„Ehrlich gesagt hat er dich überhaupt nicht versetzt.“ Geschickt mixte er Apfelschnaps mit Wodka, Apfelsaft und Cointreau.

Sofort blickte sie sich überall in der Bar um. Alles leer. Auch die Nische, in der Caleb am Vorabend gesessen hatte. „Was meinst du damit? Was redest du da?“

Aus der Tasche seiner Schürze zog er den Umschlag mit ihrem Namen hervor. „Er hat dir eine Notiz geschrieben.“

„Caleb?“ Caleb hatte ihr eine Nachricht hinterlassen? Und Alan hatte die Nerven, ihr das jetzt erst zu sagen? Das war alles andere als lustig.

„Von wem erwartest du denn sonst noch eine?“

„Gib sie mir schon.“ Ihr Herz klopfte wild, als sie sich über die Bar lehnte, ihm den Umschlag aus der Hand riss und ihn sich ins Dekolleté steckte.

Alan lachte schallend, schenkte ihr den Drink ein und reichte ihr das große Martiniglas. „Ich komme mir vor, als sei ich wieder auf der Highschool.“

„Das lese ich lieber allein, vielen Dank auch.“ Mit dem Drink in der Hand stieg sie vom Barhocker.

„Hey! Niemand darf mit einem Drink die Bar verlassen“, rief Alan ihr hinterher, als sie zwischen den Tischen und Sofas hindurch zur Bühne ging.

„Beschwer dich doch beim Manager“, rief sie zurück, stieg die Stufen hinauf und steuerte auf den Hinterausgang zu. „Ihr findet mich in meiner Garderobe.“

Sie konnte gar nicht schnell genug dorthin kommen. Der Umschlag kitzelte und kratzte an ihrer Haut, zumindest kam ihr das so vor. Sie brannte vor Ungeduld, weil sie wissen wollte, was Caleb ihr geschrieben hatte. Welche Entschuldigung hatte er dafür, dass er nicht bei ihrem Auftritt dabei gewesen war? Oder hatte er Snow Falls und Mistletoe bereits verlassen, ohne jeden Abschied, abgesehen von dem, was sie gerade in der Hand hielt?

Sie sank auf die Bank vor dem Schminktisch, trank ein Viertel ihres Drinks, stellte das Glas weg und betrachtete sich im Spiegel. Trotz des Make-ups sah man, wie rot sie geworden war.

Wieso machte es sie so aufgeregt, dass Caleb ihr eine Nachricht hinterlassen hatte? Sie hatten keine Beziehung und kannten sich kaum vierundzwanzig Stunden. Das konnte man kaum einmal als lose Bekanntschaft bezeichnen. Ja, er hatte ihr gesagt, er werde heute zur Show kommen, um zu beenden, was sie gestern Abend begonnen hatten.

Hatte er es sich anders überlegt? Hatte er ein besseres Angebot bekommen? Oder hatte er unerwartet beruflich abreisen müssen? Vielleicht war er auch früh zu Bett gegangen und lag jetzt erkältet mit Fieber in seinem Zimmer, weil sie ihn gezwungen hatte, nachts durch den Schnee zu laufen. Ihre Hand, in der sie den Umschlag hielt, zitterte.

Sie griff wieder nach ihrem Glas, nahm einen weiteren großen Schluck und riss den Umschlag auf.

Darin steckten ein Zettel aus einem Notizbuch und ein Zimmerschlüssel.

Ihr Herz klopfte wie wild, und ihr Magen zog sich zusammen, als sie den Schlüssel umklammerte, den Zettel auseinanderfaltete und das eine Wort las, das Caleb daraufgeschrieben hatte. „Komm."

Hier im Hotelzimmer auf Candy zu warten, war keine so gute Idee gewesen. Fluchend lief Caleb während ihres Auftritts auf und ab, und als es gut eine Stunde nach dem Ende ihrer Show endlich an seiner Zimmertür klopfte, fuhr er so abrupt herum, dass er sich fast die Rückenwirbel ausrenkte.

Hatte er ihr nicht den Schlüssel gegeben? Stand jemand anders dort draußen? Wollte sie den Schlüssel jetzt nur zurückgeben, anstatt ihn zu benutzen? Ein Glück, dass er kein Kondom mit in den Umschlag gesteckt hatte.

Hastig sah er sich in seinem Zimmer um, ob nichts auf seine Identität als Max Savage hindeutete, dann ging er zur Tür. Er machte sich gar nicht erst die Mühe, durch den Türspion zu sehen. Wenn es nicht Candy war, dann musste er sich eben überraschen lassen.

Als er die Tür öffnete, stand Candy in dicken Boots vor ihm. Sie trug sein Jackett vom Abend zuvor, hatte die Perücke auf und steckte noch in dem langen verführerischen Kleid, in dem sie offenbar aufgetreten war. Über einen Arm hatte sie den Parka gelegt, in der anderen Hand hielt sie dieselbe rote Sporttasche, die sie auch bei sich gehabt hatte, als Caleb ihr in der Nacht zuvor durch die Küche zum Parkplatz gefolgt war.

Ihren Gesichtsausdruck wollte er lieber nicht deuten. Sie lächelte nicht, runzelte jedoch auch nicht die Stirn. Caleb hatte keine Ahnung, ob sie jetzt ruhig oder vor Angst erstarrt war. Aber wenn er sie weiter dort auf dem Gang stehen ließ, würde er nie erfahren, was in ihr vorging.

Er trat einen Schritt zurück und ließ sie eintreten. Nach einem tiefen Durchatmen folgte sie der Aufforderung. Er ließ die Tür ins Schloss fallen, und bei dem leisen Klicken zuckte sie zusammen.

Sie ist nervös, dachte er. Und ich auch.

Egal, ob sie heute miteinander schliefen oder nicht: Diese Nervosität mussten sie loswerden.

Er trat hinter sie, räusperte sich leise, damit sie wusste, dass er ihr näher kam, und nahm ihr den Parka und die Tasche ab. Die Tasche stellte er in den Schrank, den Parka hängte er auf.

Langsam drehte sie sich zu ihm um und streifte das Jackett ab, das er ihr letzte Nacht überlassen hatte. Wortlos hielt sie es ihm hin.

Einen kurzen Moment verharrte er. Irgendwie mussten sie das Eis brechen, selbst wenn sie sich nur unterhalten würden. Als er sah, dass Candys Mundwinkel zuckte und sie eine Augenbraue hob, löste er sich aus der Starre.

Vor Anspannung hielt er die Luft an, als er ihr endlich das Jackett abnahm. Er ließ es zu Boden fallen, umfasste ihr Gesicht mit beiden Händen und küsste sie.

Seufzend umklammerte sie seine Oberarme und lehnte sich an ihn. Genießerisch öffnete sie den Mund.

Sein Herz hämmerte, während er stöhnend mit den Lippen über ihre strich und ihren Duft einatmete. Er schloss die Augen und kostete ihren Geschmack, und dennoch sehnte er sich nach viel mehr. Doch dafür mussten sie beide ihre Kleidung loswerden.

Candy zuliebe hielt er sich zurück. Er war zu allem bereit und wollte es sofort, doch er spürte, dass sie noch nicht so weit war. Irgendetwas wollte sie vorher noch klären.

Sie ließ seine Arme los und löste sich von seinem Kuss. Verunsichert lächelte sie. „Du weißt genau, dass ich nicht klar denken kann, wenn du das tust."

„Dann mache ich es anscheinend richtig."

„Auf jeden Fall." Leise lachend nickte sie und trat einen Schritt zurück. „Sicher fragst du dich, wieso ich den Schlüssel nicht benutzt habe."

Er stützte die Hände in die Seiten. „Wenn du wolltest, dass ich es weiß, hättest du es mir gesagt."

„Ehrlich gesagt bin ich mir unsicher, ob es eine so gute Idee war, herzukommen."

Gab es überhaupt eine bessere Idee? Abgesehen davon, dass sie sich beide jetzt auszogen. „Und du dachtest, wenn ich nicht öffne, wärst du aus dem Schneider?"

„Nein, nein, das dachte ich nicht."

„Wieso bist du dann hier?" Er war verwirrt.

„Weil ich es wollte."

„Du wolltest hier sein. Aber du bist nicht sicher, ob das eine gute Idee ist. Verstehe." Das lief ja blendend.

„Der gestrige Abend war wundervoll. Erst in der Garderobe, dann in der Küche … und dann noch dein Abschiedskuss. Selbst ohne Kondom: Wenn du darauf gedrängt hättest, hätte ich nicht Nein gesagt." Sie wurde rot.

Hätte ich das doch gestern gewusst, dachte er und gestand sich im selben Moment ein, dass er es tatsächlich gewusst hatte. Es war ihm schwer genug gefallen, sie loszulassen und sich vor ihrer Garderobe von ihr zu verabschieden.

Nachdenklich rieb er sich das Kinn. „Sieh mal, Candy …"

„Miranda."

„Wie bitte?" Verwundert sah er sie an.

Sie holte tief Luft und sprach weiter. „Ich heiße Miranda. Genau das ist der Punkt, der mich unsicher macht, ob ich jetzt hier sein sollte."

Das ergab doch keinen Sinn. „Weil du Miranda heißt?"

„Nein", erwiderte sie geduldig, „weil ich nicht als Candy mit dir zusammen sein mag. Und als ich selbst bei dir zu sein, fällt mir schwer."

Wenn sie erst ihre Kleidung los war, würde er ihr zeigen, wie einfach alles war. Doch er wusste, dass sie nicht darauf hinauswollte.

„Okay, Miranda." Verständnisvoll lächelte er und überlegte, welche Taktik er einschlagen sollte. Küssen hatte ihm nicht den gewünschten Erfolg gebracht. „Hast du Hunger? Sollen wir uns etwas zu essen kommen lassen? Möchtest du etwas trinken?" Einen Drink konnte er jetzt sehr gut gebrauchen.

Sie schüttelte den Kopf. „Nein, ich will nur dich. Ich möchte mit dir schlafen, aber ich habe erkannt, dass ich das nur als ich selbst kann."

Die Drinks konnten warten. „Heißt das, du willst mir all deine Geheimnisse verraten?"

Leise lachte sie auf. „Ganz bestimmt nicht. Nur meinen Namen. Und dies hier." Damit zog sie sich die Perücke vom Kopf.

Caleb sah dunkles kurzes Haar, genau wie er schon anhand der Haare in der Bürste vermutet hatte. Jedoch war ihr Haar eher rötlich als braun. „Du bist auch in Wirklichkeit rothaarig."

„In gewisser Weise." Sie errötete.

„Hast du auch Sommersprossen auf der Nase?" Eine andere Frau unter der Maskerade zu entdecken, fand er urplötzlich sehr spannend.

„Auf der Nase, den Wangen, der Stirn. Gib mir fünf Minuten, um mich abzuschminken, dann kannst du es selbst sehen."

Ja, er wollte liebend gern eine ganze Reihe von Dingen an ihr sehen. Wortlos deutete er zum Badezimmer und verbeugte sich. Als sie an ihm vorbeiging, gab sie ihm einen Stoß gegen die Schulter, wodurch er aufs Bett fiel.

Lachend stützte er sich auf die Ellbogen und sah gerade noch, wie sie das Jackett aufhob, bevor sie damit im Bad verschwand.

Eine Weile lag er nur da und lauschte dem laufenden Wasser, dann sprang er auf und zog sich Schuhe, Socken und das Hemd aus. Die Hose behielt er vorerst an. Das Licht direkt neben dem Bett schaltete er aus, nur eine Lampe am Fenster ließ er brennen, bevor er sich in einen der zwei Sessel des Zimmers setzte und wartete.

Er stützte gerade die Ellbogen auf die Knie und blickte vorgebeugt auf den Boden, als das Wasser im Bad abgestellt wurde, die Tür zum Bad aufging und Miranda herauskam.

In diesem Moment war ihm egal, was sie alles vor ihm verheimlichen mochte. Es gab nur noch seine Sehnsucht danach, sie endlich nackt vor sich zu haben, damit er ihr mit seinem Körper zeigen konnte, was er mit Worten nicht auszudrücken imstande war.

Das Licht aus dem Bad ließ von ihrem Körper nur die Umrisse erkennen. Zögernd verharrte sie, als brauche sie Calebs Zustimmung, um einen Schritt auf ihn zuzukommen. Gern hätte er sie auf jede nur erdenkliche Weise ermuntert, doch seine Stimme versagte genauso wie der Verstand. Selbst sein Herz schien auszusetzen.

Vor ihm stand die bezauberndste Frau, der er je begegnet war. Schon als Candy war sie umwerfend, stilvoll und verführerisch. Als Miranda … ihm fehlten die Worte. Als jemand, der seinen Lebensunterhalt mit

Worten verdiente, war er es nicht gewohnt, sprachlos zu sein, doch hier ging es nicht um Gerüchte oder die sensationsgierige Öffentlichkeit. Hier ging es nur um sie beide, die einer Anziehungskraft nachgaben, die so überwältigend war, dass er nicht mehr klar denken konnte.

Abgesehen von ihrem Slip und seinem Jackett war sie nackt. Das Gesicht hatte sie sich gewaschen und das Haar gekämmt. Die Aufschläge des Jacketts standen offen und entblößten ihren Körper von den Brüsten bis hinab zum knappen weißen Slip. Als sie etwas zur Seite trat, konnte er den sehnsüchtigen und zugleich hoffnungsvollen Ausdruck in ihrem Blick erkennen.

Mit beiden Händen stieß er sich von den Sessellehnen hoch und ging auf sie zu. Seine Fingerspitzen zitterten, als er unter das Jackett zu den bloßen Schultern griff und ihr das Jackett abstreifte.

Nackt bis auf den Slip stand Miranda vor ihm.

Mit beiden Händen strich er ihr von den Schultern bis zu den Ellbogen, während er begehrlich versuchte, alles an ihr gleichzeitig aufzunehmen: ihre grünen Augen, die Sommersprossen und das Haar. Immer noch kam ihm irgendetwas an ihr seltsam bekannt vor, doch er konnte nicht sagen, wieso. Im Moment war ihm das auch vollkommen egal. Sie war hier, sie war wunderschön, und sie begehrte ihn.

„Du bist perfekt, weißt du das?“

„Ich bin schrecklich aufgeregt, merkt man mir das nicht an?“

Behutsam ergriff er ihre zitternden Hände. „Vor uns liegt eine lange, wundervolle Nacht."

„Stören dich die vielen Sommersprossen nicht? Findest du mich zu flach?" Sie blickte an sich hinab. „Zu klein?"

Hatte ihr in der Vergangenheit ein Mann einzureden versucht, ihre Brüste seien zu klein? Wie konnte ein Mann es wagen, dieser Frau etwas anderes zu sagen, als dass sie wunderschön war?

Zärtlich berührte er ihre Brüste, streichelte die Brustwarzen zwischen den Zeigefingern und den Daumen und reizte sie, während er sich vorbeugte und Küsse auf ihrer Schulter und der Halsbeuge verteilte.

Miranda rang nach Luft und legte die Hände auf seine, um ihm durch Gesten zu zeigen, wie er sie noch erregender berühren konnte. Als er der Aufforderung folgte, erzitterte sie vor Lust.

„Gut so?" Seine Stimme klang heiser.

„Ja, wundervoll."

Er wollte ihr zeigen, was sie alles vermisst hatte. Langsam sank er tiefer und zog dabei eine Spur erregender Küsse über ihre Brust bis zu einer der Knospen, die er mit den Lippen umschloss. Dann biss er sanft zu.

Miranda stöhnte leise, wand sich und strich ihm durchs Haar, um ihn noch dichter an sich zu ziehen.

Er blickte zu ihr hoch, erwiderte ihren Blick und ließ die Zungenspitze über ihre Brustwarze gleiten.

Wie gebannt sah Miranda ihm zu. Brennende Lust

sprach aus ihrem Blick, während sie sich auf die Unterlippe biss, langsam den Kopf schüttelte und sagte: „Lass uns ins Bett gehen."

Ob im Bett, auf dem Boden, im Sessel oder auf dem Schreibtisch ... ihm war es egal, Hauptsache, er konnte mit ihr schlafen. Sie begehrte ihn genauso sehr wie er sie, und er fürchtete nur, dass es beim ersten Mal schnell vorüber sein würde. Doch dagegen konnte er nichts tun.

Er richtete sich auf, zog sie an sich und wollte sich schon mit ihr auf die Matratze fallen lassen, doch dann hielt er inne. Zuvor wollte er ihr unbedingt noch den Slip abstreifen.

Er fragte nicht, sondern glitt mit den Händen einfach an ihren Seiten hinunter und zog ihr dabei den Slip aus. Deutlich erinnerte er sich, wie er sie gestern Nacht berührt hatte, wie heiß und erregt sie gewesen war. Caleb wollte wissen, ob sie auch jetzt so bereit für ihn war.

Sie stieg aus dem Slip und öffnete ihm Gürtelschnalle und Reißverschluss. Dabei strich er zwischen ihre Schenkel und genoss die feuchte Wärme, die er dort fand. Mit dem Daumen teilte er ihre saftigen Falten und liebkoste ihre Klitoris, die sich ihm verlangend entgegenstreckte.

Und dann spürte er ihre Finger, wie sie seinen Hodensack in der Hand wog und seinen harten Schaft umfasste. Im nächsten Moment streifte sie ihm die Shorts ab.

Schon jetzt war es kaum auszuhalten. Aufstöhnend ließ er sich mit ihr zusammen aufs Bett fallen.

Miranda lachte heiser, und auch Caleb musste lächeln, weil er spürte, welche Freude bereits das Vorspiel in ihr auslöste. Doch viel länger konnte er die Berührung ihrer Hände und Lippen nicht ertragen, wenn er die Beherrschung nicht vorzeitig verlieren wollte.

Entschlossen rollte er sich mit ihr herum, schob sich über sie und stützte sich auf die Knie. Unter ihren ungeduldigen Blicken streifte er sich schnell das Kondom über.

Dann stützte er die Hände auf das Kopfkissen und ließ sich von ihr an die richtige Stelle zwischen ihren Schenkeln führen. Welch ein berauschender Moment.

Lustvoll schob er die Hüften vor und drang tief in sie ein. Miranda stöhnte, bog sich ihm entgegen, sank zurück aufs Bett, schlang die Beine um seine Hüften und die Arme um seinen Rücken.

Verlangend zog sie ihn zu sich hinab. Caleb verlagerte das Gewicht auf die Ellenbogen, drang tiefer und tiefer, bewegte sich mit ihr, bis er mit jedem Stoß vollkommen mit ihr zu verschmelzen glaubte. Obwohl ihm klar war, dass es nur Minuten dauern würde, bis er zum Höhepunkt kam, wünschte er sich, es würden Stunden sein. Die Glut ihrer Vereinigung umgab sie wie ein Mantel aus Leidenschaft.

Sie nahm ihn in sich auf, umfasste ihn fest mit ihrer Vagina, massierte und reizte ihn. Jede noch so kleinste Bewegung erwiderte sie.

Caleb wollte ihr sagen, sie solle aufhören, damit es nicht so schnell ging. Er wollte sichergehen, dass sie auch auf ihre Kosten kam. Auf keinen Fall wollte er sie enttäuschen, doch er konnte einfach nicht warten. Seine Lust brannte zu stark. „Ich … ich kann nicht …“

„Es ist okay“, brachte sie atemlos heraus. „Ich will auch nicht warten.“

Er schloss die Augen und gab endlich die Selbstbeherrschung auf. Während er sich in ihr verströmte, spürte er noch einmal, wie sie ihre Klitoris hart an ihm rieb, bevor auch sie kam und vor Lust schrie. Sein Höhepunkt war schnell und heftig und erschütterte ihn bis ins Mark. Dem überwältigenden Gefühl der körperlichen Erlösung folgte ein warmes, tiefes Gefühl unendlicher Intimität.

Damit wollte Caleb sich im Moment nicht befassen, aber er konnte es nicht abschütteln. Sein Körper bebte noch im Nachglühen der Leidenschaft, also ließ er sich von der Empfindung, dass es nichts Schöneres auf der Welt gab, als eins mit Miranda zu sein, durchströmen. Sanft löste er sich von ihr und zog sie an sich.

Miranda schmiegte sich an ihn, doch kurz darauf entschuldigte sie sich und verschwand ins Bad. Caleb nutzte die Gelegenheit, um das Kondom zu entsorgen.

Aus dem Bad hörte er die Toilettenspülung und das Wasser im Waschbecken rauschen. Bei der Erkenntnis, dass er Ohrenzeuge von Mirandas ganz intimer Körperpflege wurde, musste er lächeln.

Miranda. Ja, dieser Name gefiel ihm viel besser als Candy.

Splitternackt kam sie zurück, schaltete das Licht aus, legte sich wieder zu ihm ins Bett und bettete den Kopf an seine Schulter. Es fühlte sich perfekt an, sie so an sich zu halten.

„Bleibst du über Nacht?"

„Das hatte ich vor. Es sei denn, du hast etwas dagegen."

„Nie im Leben. Schließlich möchte ich noch eine zweite und dritte Runde mit dir erleben." Diese Gelegenheit würde er für ein zärtliches Erkunden statt einer lustvollen Explosion nutzen.

Liebevoll zupfte sie an den Härchen auf seiner Brust. „Du bist ja ziemlich selbstbewusst. Vielleicht bist du auch Marathonläufer und nicht nur Sprinter."

Das tat weh! „Moment mal. Du bist auch gesprintet, und ich könnte schwören, dass man nur durch ein Foto vom Zieleinlauf bestimmen könnte, wer Erster war."

Lachend stützte sie sich auf einen Ellbogen. „Solch ein Finish gefällt mir am besten. Das könnte es aber auch nach einer Langstrecke geben."

Die Frau mit den Sommersprossen hatte offenbar auch eine ziemlich spitze Zunge. „Wie wär's, wenn ich mich einfach zurücklehne und dir einen Vorsprung lasse?"

„Bekämst du dadurch nicht einen Vorsprung?"

„Rein technisch gesehen ..."

Mehr konnte er nicht sagen, denn sie setzte sich bereits rittlings über ihn. Am Bauch spürte sie, wie hart und bereit er schon wieder für sie war.

Es fiel Caleb unendlich schwer, die Hände weiterhin hinter dem Kopf verschränkt zu lassen, anstatt Miranda an sich zu ziehen, ihre Brüste zu umfassen und mit der Zunge zu reizen, bis sie vor Lust aufstöhnte.

Stattdessen schloss er die Augen und ließ sie gewähren. Er lag, so still er nur konnte. Von der Schulter ausgehend, ließ Miranda die Zungenspitze bis zur Halsbeuge gleiten, küsste und leckte eine Spur über seine Brust hinab und dann über den Bauch nach unten zu seinem Glied.

Sie küsste seine Eichel, ließ ihre Zunge darüberschnellen, brachte ihn schier zum Verzweifeln, als sie endlich die Lippen um ihn schloss und zu saugen begann. Dann brachte sie ihre Finger ins Spiel, massierte ihn fest, ohne aufzuhören, ihn mit Lippen und Zunge zu liebkosen. Seine Hoden spannten sich an, und obwohl er sich mit aller Macht dagegen wehrte, wusste er, wie vergeblich das war: Jeden Augenblick würde er kommen.

Er wollte Miranda noch warnen, indem er sich zurückzuziehen versuchte, doch sie schüttelte nur leicht den Kopf, schob seine Hand beiseite und fuhr fort zu saugen und zu lecken, bis er aufstöhnend kam.

Sie löste sich nicht von ihm, nahm alles, was er zu bieten hatte. Erst als er stöhnend und völlig verausgabt aufs Bett sank, hob sie den Kopf. Am liebsten wäre Caleb in diesem Moment eingeschlafen, so erschöpft war er.

Doch er hatte Miranda einen Marathon versprochen, also rollte er sie auf den Rücken, kniete sich zwischen ihre Schenkel und senkte den Kopf. „Jetzt bin ich dran“, stieß er heiser aus.

6. KAPITEL

Mirandas innere Uhr weckte sie noch vor dem Klingeln ihres Handys.

Ohne Caleb zu wecken, stand sie so leise wie möglich auf und reckte sich. Lächelnd erkannte sie, dass Patrice' Voraussagen eingetroffen waren: Sie lächelte tatsächlich verklärt und selig. Und das, obwohl ihr nach der vergangenen Nacht alle Muskeln wehtaten und ihre Haut wund und äußerst empfindlich war. Vermutlich würde sie auf dem Weg zum Auto kaum noch aufrecht laufen können. Ein guter Schmerz.

Was mit ihrem Slip passiert war, daran konnte sie sich nicht mehr erinnern, und im Moment blieb ihr keine Zeit, lange danach zu suchen. Lautlos holte sie ihre Sporttasche aus dem Wandschrank, suchte einen frischen Slip, Socken und BH daraus hervor und zog sich an.

Als sie gestern Abend Calebs Nachricht oder, besser gesagt, das Wort gelesen hatte, hatte sie nur wissen wollen, wieso er nicht zur Show gekommen war. Je länger sie jedoch darüber nachdachte, desto glücklicher war sie darüber, dass er nicht dort gewesen war.

Es hatte sie schon genug abgelenkt, ständig im Publikum nach ihm zu suchen. Was wäre erst in ihr vorgegangen, wenn sie ihn tatsächlich entdeckt hätte? Vielleicht hatte er sich das auch überlegt und war weggeblieben, damit sie ihren Auftritt nicht verpatzte.

Eigentlich hatte sie ihn darauf ansprechen wollen, als er ihr die Tür geöffnet hatte. Leider hatte sie nicht damit gerechnet, dass sie den Mut verlieren und alles, was sie sich vorgenommen hatte, vergessen würde. Zum Glück hatte sie wenigstens noch daran gedacht, ihm ihren richtigen Namen zu verraten.

Als er vor ihr gestanden hatte, hatte er so zerzaust ausgesehen, als habe ihn das Warten auf sie um den Verstand gebracht, und da hatte sie ihre lange Fragenliste vergessen. Für sie hatte es nur noch den Wunsch gegeben, dass er sie Miranda nannte.

Wenigstens habe ich das noch hingekriegt, dachte sie, während sie sich die Socken anzog und den Pullover über den Kopf streifte. Alle anderen Fragen konnten warten. Sicher gab es auch ein paar Dinge, die ihm durch den Kopf gingen. Seltsam, dass für sie beide nichts anderes mehr gezählt hatte als der Marathon-Sex.

Gerade wollte sie sich ihre lange Unterhose und die Hose anziehen, als die Nachttischlampe angeschaltet wurde. Miranda schrak zusammen, trat einen Schritt vor und spähte um die Ecke.

Verschlafen sah Caleb suchend um sich, um herauszufinden, was ihn geweckt hatte.

„Tut mir leid“, flüsterte sie, „ich habe versucht, leise zu sein.“

„Das warst du auch.“ Er richtete sich auf und rieb sich das Gesicht. Die Bettdecke glitt ihm bis zur Hüfte hinab, sodass Miranda seine nackte Brust sehen konnte, die sie in der Nacht so gut kennengelernt hatte. Sie wusste genau, wie seidig sich die kleinen Härchen darauf anfühlten. „Mir war kalt. Wo willst du hin?“

„Nach Hause." Er sah so umwerfend aus mit dem vom Schlaf zerzausten Haar. An ihn gekuschelt wäre ihr sofort wieder warm. Miranda wollte nicht gehen. „Ich muss zur Arbeit."

Entschlossen schob er die Decke beiseite und kam nackt auf Miranda zu. Er lächelte nicht, sagte nichts und ließ auch ihr keine Gelegenheit, etwas einzuwenden. Ohne ein Wort drängte er sie rückwärts an die Wand und küsste sie heiß.

Wie unfair! Er wusste doch, dass sie dann nur noch an seinen Körper denken konnte und an die Lust, die er in ihr auslöste. Schon viel zu lange hatte sie auf all das verzichtet. Bei Caleb vergaß sie alle Männer, die es in ihrem Leben gegeben hatte.

Er strich ihr über die Schultern, zog eine Spur von Küssen von ihrem Ohr bis zur Halsbeuge und schob ihr dann mit einem tiefen Laut den Pullover über die Brüste nach oben. Durch den BH hindurch saugte er an ihrer Brustwarze.

Lächelnd strich sie ihm durchs Haar. „Ich muss gehen."

„Und ich muss kommen."

Miranda lachte. „Schon wieder? Ich kann gar nicht glauben, dass du nach dieser Nacht noch in der Lage bist, aufrecht zu stehen."

„Ich bin eine Maschine, Baby", antwortete er mit übertrieben tiefer Stimme. „Eine nimmermüde Maschine."

Sie zog sein Gesicht zu sich heran, damit er ihr in die Augen sehen musste, und lächelte provozierend.

„Die Dinger kenne ich, ich hab eine davon zu Hause. Man nennt sie auch Vibrator."

Caleb grinste nur. „Warum kommst du nicht wieder zu mir ins Bett? Und ich begleite dich später nach Hause."

Genüsslich seufzte sie, während Caleb weiter ihre Brustwarzen reizte und lustvoll an ihrem Hals saugte. Wie gut, dass sie auch einige Kostüme mit Rollkragen hatte. Bestimmt gab das blaue Flecken. Sie stöhnte, als sie spürte, wie er eine Hand in ihren Slip schob.

Dann fiel ihr ein, dass heute Donnerstag war, ihr freier Abend. Das bedeutete, dass sie ihn heute Abend nicht sehen würde, jedenfalls nicht im Club. „Was hältst du davon, wenn ich jetzt nach Hause fahre und du kommst heute Abend zum Dinner zu mir?"

Mitten in der Bewegung hielt er inne und sah ihr ins Gesicht. „Du lädst mich zu dir nach Hause ein? Zu Miranda, nicht zu Candy?"

Lächelnd neigte sie den Kopf zur Seite. „Candys Zuhause ist die Garderobe."

„Ich dachte, ich soll nicht wissen, wer du wirklich bist."

„Nicht alles. Noch nicht." Es gab schließlich auch so vieles, was sie nicht über ihn wusste. „Du machst mir Angst."

„Wirklich? Ich wusste gar nicht, dass ich *so* kräftig gebaut bin."

Mühsam blieb sie ernst. „Ach, hör auf. Nein, ich meine, dass ich von dir weg muss, sonst werde ich nie wieder normal laufen können."

Voll männlichem Stolz lächelte er und kratzte sich an der Brust.

Lächelnd stieß sie ihn von sich. „Beweg dich, damit ich mir die Hose anziehen kann."

„Ohne siehst du aber hübscher aus."

„Mit Hose friere ich aber deutlich weniger." Sie wollte lieber nicht darüber nachdenken, wie gut Caleb ohne Kleidung aussah, denn sonst würde sie wieder zu spät zum Blumenladen kommen.

Er stützte sich mit der Hand neben ihrem Kopf an der Wand ab und saugte sanft an ihrem Ohrläppchen. „Und um wie viel Uhr soll ich kommen?"

Nein, auf dieses Spiel der Doppeldeutigkeiten wollte sie sich gar nicht erst einlassen. Wenn er sie jetzt auch nur flüchtig berührte, würde sie ihm wieder nachgeben. „Um … acht."

„Und wo soll ich hinkommen?" Immer noch liebkoste er ihren Hals.

Nein, nein, ich werde nicht nachgeben, sagte sie sich, tauchte unter seinem Arm weg, zog sich die Boots an und schnappte sich Parka und Tasche. „Second Avenue 1205."

„Miranda?"

Sie wandte sich zu ihm um. Ihren Namen aus seinem Mund zu hören, ließ sie fast in Tränen ausbrechen. Ihr Herz schlug ihr wie wild in der Brust. „Ja?"

„Nach dem Dinner – darf ich da kommen? Darf ich dich zum Kommen bringen? Ein Marathon mit Zielfoto? Oder lieber abwechselnde Sprints, die ganze Nacht lang?"

Wie konnte sie einen Mann zurückweisen, der so wunderbare Dinge in ihr auslösen konnte? „Nach dem Dinner darfst du kommen, bis die Maschine in dir defekt ist.“

„Gestern um halb elf. Heute um elf. Nächste Woche lässt du dich wahrscheinlich erst blicken, wenn wir zumachen.“

„Ich weiß, ich weiß. Es tut mir leid.“ Miranda verstaute ihre Handtasche, zog sich die Schürze an und überlegte, ob sie sich heute schon gekämmt hatte. Da sie ohnehin so spät dran gewesen war, hatte sie sich beim Schminken auf etwas Mascara beschränkt. „Ich war die Nacht über im Hotel und hatte vergessen, wie lange die Fahrt dauert, wenn die Schneefelder blenden.“

„Aha, die Schneefelder blenden ... Die ganze Nacht warst du im Hotel? Bei ihm?“

„Das ist noch nicht alles.“

Corinne hob die Augenbrauen. „Du hast ihm verraten, wer du bist.“

„Nur meinen Vornamen.“ Miranda hob den Zeigefinger. „Aber ich habe ihn für heute Abend zum Dinner eingeladen.“

Corinne schnalzte mit der Zunge und machte sich wieder an die Arbeit. „Beschwer dich nicht, wenn um dich herum alles zusammenbricht. Du hast zu viele Geheimnisse, um eine funktionierende Beziehung zu führen. Es sei denn, du willst reinen Tisch machen.“

„Im Moment geht es nur um Sex und nicht um

eine Beziehung. Da wird nichts zusammenbrechen."

„Rede dir das ruhig ein." Corinne deutete mit der Schere auf sie. „Ich erinnere dich später wieder, wenn dir die Dinge über den Kopf wachsen."

Miranda wusste, wie empfindlich Corinne reagierte, sobald es um Beziehungen ging. „Was soll ich denn zum Dinner kochen?"

„Was mag er denn?"

Zum Thema Lieblingsgerichte waren sie nicht gekommen. „Keine Ahnung, ob er Vegetarier oder Veganer ist oder am liebsten Fleisch mit Kartoffeln isst."

„Vielleicht eine fleischlose Lasagne mit Salat und Brotsticks?", schlug Corinne vor.

Das klang unkompliziert, aber ... „Und wenn er kein Gemüse mag? Oder eine Weizenallergie hat?"

Immer noch mit der Schere in der Hand, wandte Corinne sich ihr zu. „Wieso rufst du ihn nicht an und fragst ihn?"

„Gute Idee." Miranda rief die Rezeption des Hotels an und startete ihreLaptop, während sie sich mit Calebs Zimmer verbinden ließ. „Zimmer 218, bitte."

Unwillig murmelnd wandte Corinne sich ab und fuhr fort, Nelken zurechtzuschneiden.

„McGregor", meldete Caleb sich nach dem vierten Klingeln.

Beim Klang seiner Stimme kehrten sofort die Erinnerungen an die vergangene Nacht zurück. Miranda klemmte sich den Hörer ans Kinn. Ihr wurde warm. „Caleb? Hier ist Miranda. Bist du Vegetarier? Hast du irgendwelche Allergien? Gibt es etwas, das du nicht magst? Brokkoli? Speck? Béchamelsoße?"

„Wie heißt die Soße?" Er lachte. „Wenn ich wüsste, was das ist, würde ich vielleicht die Nase rümpfen. Irgendwas Überbackenes mag ich immer, aber ein Sandwich mit Erdnussbutter und Marmelade tut's auch."

„Ganz bestimmt setze ich dir keine Sandwiches mit Erdnussbutter vor, aber ich will auch nicht, dass ich dir Shrimps serviere, und du bekommst einen Anfall."

„Nein, keine Sorge, ich bin gegen nichts allergisch. Aber da du schon anrufst: Was trägst du gerade?"

„Bis heute Abend, Caleb." Bevor er etwas erwidern konnte, legte sie auf. Mit einer Hand wedelte sie sich kühlend Luft ins Gesicht und wandte sich wieder Corinne zu. „Wir können uns das Rezept aussuchen."

„Wieso denn auf einmal wir? Du bist es doch, die sich vom Regen in die Traufe stürzt. Obwohl du im Moment eher so aussiehst, als könntest du einen kleinen Regenguss gut gebrauchen."

Ja, sie kam aus dem Regen, aber wo sie gelandet war, konnte Miranda nicht sagen. Eine Beziehung? Eine Affäre? Lieber wollte sie sich auf das bevorstehende Dinner konzentrieren. „Was Italienisches?"

„Zu viel Knoblauch", gab Corinne umsichtig zu bedenken.

„Steaks mit gefüllten Kartoffeln?"

„Danach hängt ihr zwei nur noch müde auf den Stühlen."

„Ich will unbedingt einen guten ersten Eindruck machen." Es machte Miranda verlegen, dass ausgerechnet sie, die bei Veranstaltungen mit Hunderten von Fremden die Speisefolgen festgelegt hatte, jetzt nicht entscheiden konnte, was sie einem Mann vorsetzen sollte, den sie während einer langen leidenschaftlichen Nacht sehr gut kennengelernt hatte.

Laut stieß Corinne die Luft aus. „Wer solche Knutschflecke hat, braucht sich über den ersten Eindruck keine Gedanken mehr zu machen."

Verdammt! Miranda lief in den Waschraum und begutachtete im Spiegel ihren Hals. Tatsächlich, dort waren Rötungen von Calebs Bartstoppeln.

Vielleicht hätte sie sich heute früh doch etwas Zeit fürs Make-up nehmen sollen. Zum Glück hatte sie eine Sammlung von Make-up-Proben in ihrem Spind.

Gerade als sie die roten Stellen überschminkte, trat Corinne hinter sie. „Ich würde es ganz schlicht machen", schlug sie vor.

Mit der Hand auf halbem Weg zum Gesicht erstarrte Miranda. „Eigentlich wollte ich nur ein bisschen Foundation auflegen."

Corinne schüttelte den Kopf. „Ich meine nicht dein Make-up, sondern das Dinner. Gefüllte Hühnerbrust. Da weiß ich ein tolles Rezept mit Spinat und Ziegenkäse. Ach, lass das mit der Füllung lieber, das ist zu kompliziert. Kocht doch zusammen. Du lässt ihn den Salat schnippeln und Wein einschenken, und währenddessen unterhaltet ihr euch. Vielleicht ist er der Richtige für dich, lass dich von meinem Altweibergenörgel nicht beeinflussen."

„Du nörgelst doch nicht." Stirnrunzelnd wandte Miranda sich vom Spiegel in ihrem Spind ab und sah ihre Freundin an. „Wie kommst du darauf?"

Corinne schloss die Augen und ließ den Kopf gegen den Türrahmen sinken. „Weil ich in letzter Zeit so missmutig bin."

„Ach, Corinne." Miranda strich ihr über den Arm. „Wir alle sind mal nicht so gut drauf." Sie ahnte, wieso Corinne so unausgeglichen war. Sicher war es nicht leicht, Blumengestecke anzufertigen, die höchstwahrscheinlich für die Hochzeit der eigenen Tochter gedacht waren. „Jeder von uns macht mal schwere Zeiten durch."

Corinne standen Tränen in den Augen, als sie Miranda wieder ansah. „Ich hätte nicht alle Geschenke, die Brenna mir geschickt hat, weggeben sollen. Ich war sehr lange Zeit unglaublich wütend auf sie. Aber das alles wegzugeben war schlichtweg gemein. Ich hatte nie vor, sie zu kränken."

„Natürlich nicht." Miranda zog sie in die Arme. „Du wolltest nicht gemein sein. Du warst verletzt."

„Ich hätte die Geschenke behalten sollen." Corinne löste sich aus der Umarmung. „Ich habe nicht richtig nachgedacht."

Miranda fand, dass der Zeitpunkt richtig war, um Corinne einen kleinen Schubs in die richtige Richtung zu geben. „Du kannst jederzeit im Hotel anrufen und mit ihr sprechen."

Corinne, die sich gerade die Augen hatte reiben wollen, erstarrte. „Und mich entschuldigen?"

„Nein, nicht entschuldigen. Erklären. Einfach mit ihr reden."

„Ich weiß nicht recht. Ich will nicht alles nur noch schlimmer machen."

„Denk drüber nach." So leicht gab Miranda nicht auf. „Überdenken kannst du es doch, oder? Dadurch machst du nichts schlimmer."

Corinne hob die Schultern. „Wenn du einen Fremden zu dir einlädst und ihn bekochst, dann kann ich mir auch überlegen, wie ich mich mit meiner Tochter aussöhne."

Barry Chance, der den Shuttlebus vom Romantikhotel von Snow Falls fuhr, hielt Caleb offenbar für einen Touristen, der an einer Rundfahrt durch den Ort interessiert war. Dabei wollte Caleb lediglich pünktlich um acht Uhr in der Second Avenue 1205 ankommen.

Im Innenraum des Minivans war es so heiß, dass Caleb zu ersticken glaubte.

Barry redete ohne Unterlass. „Second Avenue 1205. Ist das nicht Miranda Kellys Haus?"

Miranda Kelly. Caleb sah aus dem Fenster in die Dunkelheit. Nur verschwommen konnte er die Bäume erkennen, die zu beiden Seiten der Straße wuchsen. Miranda Kelly. Der Name sagte ihm nichts, auch nicht, wenn er sich dazu ihr Gesicht mit den Sommersprossen, den grünen Augen und dem kurzen dunkelroten Haar vorstellte. Er lehnte sich zurück und verschränkte die Arme. „Kennen Sie sie?"

„Jeder in Mistletoe kennt Miranda. Aber im Grunde kennt hier ohnehin jeder jeden." Der Fahrer lachte laut auf. „Ihr gehört der Blumenladen ‚Under the Mistletoe', aber das wissen Sie sicher, wenn Sie mit ihr befreundet sind."

„Na klar." Caleb nickte und hoffte, dass der Mann alles erzählte, was er über Miranda wusste.

„Corinne Sparks arbeitet dort für sie." Im Rückspiegel sah Barry Caleb an. „Ihre Tochter Brenna ist Ravyn Black, aber das wissen Sie bestimmt auch. Im Moment ist sie ja im Hotel, genau wie der Abgeordnete Eagleton."

Über Ravyn und den Abgeordneten wusste Caleb sicher mehr als Barry, doch der Rest klang interessant. Die Schwester hier auf der Highschool, die Mutter im Blumenladen. Vielleicht konnte er dank Miranda erfahren, wieso Brenna sich mit ihrer Familie zerstritten hatte.

Miranda Kelly. Nein, der Name sagte ihm wirklich nichts.

„Da sind wir." Der Fahrer deutete auf einen winzigen Bungalow, der von der Straße zurückgesetzt lag. Die lange Auffahrt war geräumt, doch auf dem Grundstück lag Schnee. „Soll ich später wiederkommen und Sie abholen?"

Caleb warf einen Blick auf die Fenster des Bungalows. Die Gardinen waren geschlossen, doch es brannte Licht im Haus. Nein, er würde keine Gerüchte in die Welt setzen, indem er verriet, dass er vorhatte, über Nacht zu bleiben. „Wenn Miranda mich nicht zurückfährt, rufe ich im Hotel an."

Barry drehte sich halb zu Caleb um. „Um Mitternacht endet meine Schicht, also warten Sie nicht bis zum letzten Moment. Sonst sitzen Sie hier über Nacht fest."

Genau so lautete der Plan. „Danke fürs Bringen." Caleb stieg aus und winkte dem Minibus nach, bevor er auf das Haus zuging. Aus dem Schornstein stieg Rauch, und über der Eingangstür leuchtete einladend eine Laterne.

Während er sich dem Haus näherte, malte er sich aus, wie Miranda im warmen Haus das Dinner zubereitete, den Tisch deckte, Kerzen anzündete und Blumen arrangierte, die sie vom Blumenladen mit nach Hause genommen hatte. Doch als er auf die Klingel drückte, schüttelte er diese sentimentalen Gedanken schnell wieder ab.

Kurz darauf öffnete sie ihm die Tür, und ein Schwall von Düften schlug ihm entgegen. Staunend sah sie ihn an.

Er trug nur ein Jackett und ein weißes Hemd zu einer Jeans. In einer Hand hielt er seinen Schaffellmantel.

„Ist dir nicht kalt?"

„Nur ein bisschen." Als sie ihn nicht ins Haus bat, fügte er zähneklappernd hinzu: „Aber je länger ich hier stehe, desto schlimmer wird es."

„Oh. Entschuldige. Komm doch rein." Sie trat zurück und ließ ihn eintreten, bevor sie die Tür schloss und seinen Mantel aufhängte. „Ich war so beschäftigt damit, dich anzustarren, dass ich meine Manieren vergessen habe."

Mehr konnte sie nicht sagen, denn Caleb küsste sie, und sie erwiderte den Kuss voller Inbrunst. Mit beiden Händen strich sie ihm über die Schultern, eroberte mit der Zunge seinen Mund und schlang die Arme um ihn. Als sie die Brüste an ihn presste, stöhnte er auf, und auch sie stöhnte, doch dann wand sie sich und schob ihn von sich.

„Zuerst das Dinner“, beschloss sie atemlos. In ihren Augen spiegelte sich der flackernde Schein des Kaminfeuers.

„Und wenn ich das Dinner lieber überspringe und gleich zum Dessert übergehe?“ Seine Brust hob und senkte sich, während er versuchte, seine Lust zurückzudrängen.

„Am besten kommst du mit mir in die Küche. Da kannst du ein Stück italienischen Käsekuchen essen. Ich muss nämlich noch die Hühnerbrust füllen.“ Damit drehte sie sich um und ging, ohne darauf zu achten, ob er ihr folgte.

Was blieb ihm für eine Wahl? Er ging ihr nach. Käsekuchen? Das klang nicht schlecht. „Ich hätte nicht gedacht, dass du tatsächlich für mich kochst.“ Er setzte sich ihr gegenüber auf einen Barhocker an den Küchentresen. „Ich dachte, das Dinner sei nur ein Vorwand, um mich ins Bett zu locken.“

„Dir reichen vielleicht Sex und Käsesandwiches zum Leben.“ Sie holte einen kleinen Teller und ein Kuchenmesser hervor. „Aber ich bevorzuge eine etwas ausgewogenere Ernährung.“

„Hmm.“ Er atmete den Duft der würzigen Beilagen ein, die Miranda bereits vorbereitet hatte. Es roch nach Kräutern und aromatischen Gewürzen. „Gemüse, Proteine, Sex und Süßes?"

„Abgesehen von meinen Gesangsauftritten, der Arbeit und Zeit, die ich mit Freunden verbringe."

„Dann siehst du mich als Freund?" Er steckte sich ein Stück Paprika in den Mund, kaute, und als er die frische Säure schmeckte, griff er nach dem nächsten.

Miranda stellte den Kuchen beiseite und reichte Caleb ein kleines scharfes Messer. „Du bist hiermit herzlich eingeladen, den Salat zuzubereiten."

Übertrieben missmutig griff er nach dem Messer. „Jetzt muss ich nicht nur auf den Sex warten, sondern mir das Dinner auch noch erarbeiten."

Aus der Speisekammer holte sie Brot und Erdnussbutter und stellte beides vor ihm auf den Tisch. „Vorfreude steigert den Appetit. Falls du das anders siehst, kannst du dir gern mit der linken Hand ein Sandwich schmieren, dann hast du die rechte frei, um damit zu tun, was immer du willst."

Diese Frau gefiel ihm. „Ganz schön frech, Miranda Kelly."

Sie hatte gerade den gekochten Spinat mit gehackten Zwiebeln und dem weichen Käse vermischt. Jetzt erstarrte sie mitten in der Bewegung. Ganz langsam hob sie den Blick. „Wie hast du meinen Nachnamen herausgefunden?"

„Der Fahrer des Shuttlebusses war sehr gesprächig." Er zog sich die Zutaten für den Salat heran und tat so, als bemerke er Mirandas Panik überhaupt nicht.

„Hat er dir noch mehr erzählt?"

„Allerdings."

„Was denn zum Beispiel?"

„Dass dir der Blumenladen gehört. Dass die Mutter von Ravyn Black dort für dich arbeitet. Dass seine Schicht um Mitternacht endet und ich ihn rechtzeitig anrufen soll, wenn er mich abholen soll." Den letzten Teil fügte er hinzu, weil er nicht mehr sicher war, ob Miranda jetzt noch die Nacht mit ihm verbringen wollte.

Zuerst erwiderte sie gar nichts, sondern arrangierte die gefüllten Hühnerbruststücke in einer Glasform und stellte sie in den vorgeheizten Ofen. Danach suchte sie einen Wein aus dem kleinen Gestell über ihrem Kühlschrank und stellte die Flasche mit zwei Gläsern auf die Anrichte. „Barry ist ein netter Kerl, aber beim Fahren redet er eindeutig zu viel." Damit setzte sie sich auf den Hocker neben Caleb und nahm sich ein zweites Messer.

Bisher hatte sie ihn noch nicht erstochen oder aufgefordert, wieder zu gehen. Gut so. „Sollte ich deinen Nachnamen nicht erfahren? Oder dass dir der Blumenladen hier im Ort gehört?"

Langsam schüttelte sie den Kopf. „Mein Leben hier ist privat, und so soll es auch bleiben."

Die Neugier brachte ihn fast um. „Miranda, ich habe keine Ahnung, wer du bist, deshalb wüsste ich gar nicht, wem ich von dir oder dem Blumenladen erzählen sollte, selbst wenn ich das vorhätte. Bitte entspann dich." Er griff nach dem Wein. „Wolltest du etwas trinken? Oder steht die Flasche nur hier, damit du sie mir auf den Kopf schlagen kannst, damit ich mein Gedächtnis verliere?"

Nur zögernd lächelte sie. Offenbar war sie nicht ganz sicher, ob sie ihm trauen konnte. „Ein Drink wäre jetzt nicht schlecht. Danke."

Er schenkte ihnen beiden ein und beobachtete, wie sie den Wein probierte, bevor er auch einen Schluck trank. Wie seltsam, dass seine Gegenwart sie weniger nervös machte als die Tatsache, dass er ihren Nachnamen kannte.

Ihnen war doch beiden klar, dass er nur ein bisschen im Internet zu recherchieren brauchte, um alles über ihre Vergangenheit zu erfahren. Wahrscheinlich würde es sie beruhigen, wenn er ihr versprach, dass er nicht herumschnüffelte. Doch insgeheim hatte er sich bereits vorgenommen, genau das zu tun, sobald er wieder im Hotel vor seinem Laptop saß.

Deshalb wartete er nur und sah zu, wie sie rote, gelbe und grüne Paprika in den Salat schnitt. Dann beschloss er, das Thema zu wechseln. „Es überrascht mich, dass du hier so leicht an frisches Gemüse kommst. Der kleine Laden im Ort, an dem wir vorbeigekommen sind, sah eher aus, als könne man dort nur Konserven kaufen."

„Ich habe geschummelt", gestand sie lächelnd. „Alan hat es für mich aus der Hotelküche besorgt. Auch den Ziegenkäse."

Angewidert zog Caleb sich zurück. „Ziegenkäse?"

Sie lachte nur. „Jetzt reg dich nicht auf, du hattest

deine faire Chance, mir alles aufzuzählen, was nicht ins Dinner darf."

Vorsichtig sah er in die Schüssel mit der restlichen Füllmasse. „Ich hatte nicht damit gerechnet, dass Ziegenkäse für dich ein Nahrungsmittel ist."

„Auf jeden Fall. Du wirst schon sehen, wie gut er schmeckt."

Er wollte noch etwas dazu sagen, nämlich dass er dafür direkt nach dem Essen unbedingt mit ihr schlafen müsse. Dummerweise, vermutete er, war seine Chance auf Sex durch die Entdeckung ihres Nachnamens gesunken, obwohl er diese Information erhalten hatte, ohne überhaupt danach zu fragen. Ein Glück, dass er sich Barrys Karte hatte geben lassen. Zu Fuß war der Weg zum Hotel höllisch weit. „Weiß Barry, der plaudernde Chauffeur, denn auch, dass du Candy Cane bist?"

„Ja, das weiß er."

„Genau wie Alan und seine Frau."

„Richtig."

Caleb wagte sich ein bisschen weiter vor. „Alan sagt, er kennt dich bereits sehr lange."

„Das stimmt", gab sie schmunzelnd zu.

„Und hatte das schlimme Konsequenzen, dass sie deine Identität kennen?"

„Nein, aber sie sind Freunde. Sie werden es nicht herumerzählen oder irgendeinen albernen Artikel darüber schreiben, so wie es ein Reporter tun könnte. Ich will nicht, dass Candys und mein Foto nebeneinander in irgendeiner Zeitschrift auftauchen."

Weil dann jemand, der auf der Suche nach Miranda war, den Artikel über Candy und sie lesen könnte, und das wär's dann mit der Privatsphäre. „Wer sucht nach dir? Vor wem versteckst du dich hier, Miranda?"

Sie zögerte mit einer Antwort. „Ich sagte lediglich, dass ich mein Foto nicht neben dem von Candy Cane in der Zeitung sehen möchte."

„Wovor fürchtest du dich?"

Sie winkte ab und griff nach einigen frischen Spinatblättern, die sie nicht für die Füllung vorgekocht hatte. „Hör doch auf, dir darüber den Kopf zu zerbrechen. Du übertreibst."

„Tue ich das?" So leicht ließ er sich nicht abwimmeln.

„Allerdings." Als er nichts erwiderte, seufzte sie. „Also schön, das mit den Fotos nehme ich zurück, wenn dich das beruhigt. Ich will nicht, dass jemand meinen Namen oder den von Candy Cane in irgendeinem Bericht über Mistletoe in die Zeitung setzt, okay? Ich will mein Privatleben schützen."

Caleb schenkte ihnen Wein nach. „Aber wen interessiert das alles außerhalb von Mistletoe? Es sei denn, du bist in irgendeiner Form berühmt."

„Nein, ich bin nicht berühmt", widersprach sie gereizt und hob eine Hand. „Ich hatte schlechte Erfahrungen mit der Presse, und die will ich nicht wiederholen."

„Warum sollte das denn passieren?"

Sie legte das Messer weg und zog das Glas Wein am Stiel näher zu sich, trank aber nicht daraus. Ohne

Caleb anzusehen, suchte sie nach den richtigen Worten. „Ich weiß nicht, ob im Moment Reporter nach mir suchen, aber ganz bestimmt würden sich viele Reporter auf den Weg machen, wenn sie erführen, dass ich hier in aller Abgeschiedenheit lebe."

„Wären das dieselben, mit denen du deine schlechten Erfahrungen gemacht hast?"

„Genau. Und diese Reporter sollen weder mein Foto noch das von Candy sehen oder meinen Namen lesen. Jetzt zufrieden?"

Eigentlich war damit alles geklärt, doch die Neugier ließ ihn nicht ruhen. Es musste eine wirklich große Story dahinterstecken. „Du weißt sicher auch, dass ich nur deinen Namen bei Google eingeben muss."

„Das weiß ich, aber ich hoffe, dass du es nicht tust." Der Timer am Ofen gab ein Ping von sich, und erleichtert stand Miranda auf, um das Hühnchen herauszuholen. „Und jetzt lass uns essen."

7. KAPITEL

Fast ohne jede Unterhaltung aßen sie das Dinner in der Essnische von Mirandas Küche. In dem Bungalow gab es kein richtiges Esszimmer, aber auch in der kleinen Nische war es sehr gemütlich. Dort bewirtete Miranda immer ihre Gäste, selbst wenn das Dinner dann meistens weniger aufwendig war als heute.

Manchmal gab es nur ein paar Drinks oder ein paar Hors d'œuvres in den Ferien, im Sommer auch Burger vom Grill im Garten hinter dem Haus. Meistens jedoch große Töpfe mit Suppe oder Gulasch aus der Hotelküche und Brot dazu. Hin und wieder aß sie auch mit Corinne zusammen hier Auflauf.

Heute Abend gab es aus der Hotelküche ein herzhaftes Krustenbrot, das sie mit Butter zum Salat und der gefüllten Hühnerbrust servierte. Vom Wein tranken sie beide reichlich, obwohl das in Anbetracht der Unterhaltung vor dem Essen sicher nicht klug war.

Wenn Miranda nicht aufpasste, verriet sie Caleb noch irgendetwas aus ihrer Vergangenheit. Seltsamerweise wünschte sie sich, ihm davon zu berichten. Das muss am Alkohol liegen, sagte sie sich, doch sie glaubte auch zu wissen, dass seine Neugier auch etwas damit zu tun hatte, dass sie ihm etwas bedeutete.

Seine Fragen nach ihrer Vergangenheit verrieten echtes Interesse – und eine solche Aufmerksamkeit von einem Mann fühlte sich gut an. Sie wusste, dass er nicht mehr lange hierbleiben würde. Insofern war eine Beziehung zwischen ihnen eher unwahrscheinlich. Trotzdem, ganz ausschließen wollte sie diese Möglichkeit nicht. Gerade aus diesem Grund musste sie sich beherrschen und durfte nichts ausplaudern.

„Du bist eine tolle Köchin", stellte er fest und deutete auf die Überreste des Dinners. „Das war einfach wundervoll."

„Ich kann gut nach Rezept kochen, aber ein guter Koch braucht kein Rezept." Sie legte das Besteck auf den Teller. „Dieses Gericht hat Corinne mir erklärt. Mir schmeckt es auch, trotz Ziegenkäse."

„Das mit dem Käse habe ich gar nicht so ernst gemeint." Er trank seinen Wein aus. „Ab sofort gehört Hühnchen mit Spinat und Käse zu meinen Leibgerichten."

Lachend legte sie die Serviette beiseite. „Hör auf, immer solchen Unsinn zu erzählen."

„Nein, nein, das meine ich vollkommen ernst. Ich habe so viel gegessen, dass ich gar nicht weiß, wo ich noch das Dessert lassen soll."

„Dann lassen wir das Dessert eben weg", schlug sie vor. Ihr gefiel sein zerstrubbeltes hellbraunes Haar und der Bartschatten auf seinen Wangen. Noch mehr gefiel ihr allerdings, ihn in ihrer Küche zu sehen. Irgendwie kam es ihr vor, als gehöre er hierher.

„Wie bitte? Ich soll auf italienischen Käsekuchen verzichten?"

Grinsend stand sie auf, stapelte die Teller und räumte den Tisch ab. Es machte ihr Spaß, einen Mann zu bekochen, aber darüber wollte sie lieber nicht nachdenken. „Was hältst du davon, wenn ich uns Kaffee koche? Lass uns das Dessert im Wohnzimmer essen."

„Vor dem Kamin?" Caleb stand auf und schob seinen Stuhl an den Tisch. „Wie bei einem Date?"

„So könnte man es bezeichnen." Sie trug das Geschirr zur Spüle, und als sie sich umwandte, um den Rest zu holen, stand Caleb dicht hinter ihr und drängte sie an die Anrichte.

„Was tust du?" Ihr Puls ging schneller.

„Ich verhalte mich wie bei einem Date."

Ihr Blick glitt zu seinen Hüften, die er verlangend an ihre presste. Eine erregende Wärme erfüllte sie. „Es ist schon eine Weile her, aber ich bin mir ganz sicher, dass ein Date nicht so abläuft."

„Bei Erwachsenen schon." Aufreizend drängte er sich an sie, griff nach den Knöpfen ihrer Bluse und küsste sie auf den Hals.

„Verstehe." Mehr bekam sie nicht heraus. Ihre Haut schien unter seiner Berührung zu glühen. Miranda umklammerte die Kante der Anrichte und konnte an nichts anderes mehr denken als daran, wie gut sich seine Hände auf ihren Brüsten anfühlten, seine Lippen auf ihrem Mund.

Sie sehnte sich danach, ihn zu spüren und ihn zu streicheln. Doch zuerst wollte sie es genießen, wie hingebungsvoll er ihr Vergnügen schenkte. Mit jeder Liebkosung zeigte er ihr, wie viel sie ihm bedeutete und wie sehr er sie schätzte. So begehrt zu werden, rührte sie fast zu Tränen.

Sie schloss die Augen, ließ den Kopf an seine Schulter sinken und erzitterte, als er unter ihren kurzen

Rock fuhr und nach dem Beinausschnitt ihres Slips tastete. Sachte strich er zwischen ihren Schenkeln entlang, schob seine Hand fordernd zwischen ihre Falten und reizte dabei mit den Knöcheln ihre Klitoris.

Unwillkürlich spreizte sie die Beine weiter. Alles in ihr drängte sie dazu, ihn in sich zu spüren, doch er fuhr fort, sie mit der Hand zu liebkosen, während er mit den Lippen über ihr Dekolleté zu ihren Brüsten glitt und sie durch den seidigen BH hindurch küsste.

Das ertrug Miranda keine Sekunde länger. Sie wollte mehr von seiner nackten Haut spüren. Von der erregenden Glut konnte sie nicht genug bekommen. Niemals hätte sie gedacht, dass sie sich wünschen könnte, das Vorspiel zu überspringen.

Entschlossen umfasste sie seine Schultern. „Genug, mir reicht es mit diesem Date. Wenn du nichts dagegen hast, würde ich lieber direkt mit dir ins Bett gehen."

Belustigt lachte er tief auf. „Und was ist mit dem Kaffee und dem Dessert?"

Sie streifte sich die Schuhe ab und öffnete den Reißverschluss des Rocks. Sobald das Kleidungsstück zu Boden gefallen war, schob sie es mit dem Fuß zur Seite. Ihre Bluse war bereits geöffnet, und so stand sie in BH und Slip vor ihm. „Entweder du willst jetzt Kaffee und Kuchen, oder du willst mich."

Zu einer Antwort ließ sie ihm überhaupt keine Zeit. Sein verzehrender Blick reichte ihr. Wortlos ging sie an ihm vorbei, ließ Rock und Schuhe in der Küche liegen, warf die Bluse im Flur zu Boden, öffnete den

BH und hängte ihn über den Türknauf ihres Schlafzimmers.

Als sie sich gerade den Slip abgestreift hatte und auf Händen und Knien ins Bett kroch, holte Caleb sie ein und beugte sich über sie. Er war genauso nackt wie sie und gab gar nicht erst vor, er wisse nicht, was sie wollte.

Das Kondom hatte er sich bereits übergerollt, und stöhnend drang er von hinten in sie ein. Sie war feucht, heiß und bereit für ihn.

Miranda stieß einen Lustschrei aus und presste die Stirn auf die Matratze. Mit beiden Händen packte sie das Kopfkissen und hielt es fest umschlungen. Caleb umfasste ihre Hüften und bewegte sich in quälend langsamem Rhythmus, bis Miranda glaubte, ihre eigene Lust könne sie verzehren.

Mit einer Hand strich er über ihren Bauch tiefer bis zwischen ihre Schenkel und streichelte sie am Zentrum ihrer Lust. Er massierte sie unablässig, rieb immer heftiger und fordernder, bis sie vor Verlangen keuchte. Sie konnte kaum fassen, dass er sich so darauf konzentrierte, ihr Vergnügen zu steigern.

„Komm, Miranda."

Nein, sie schüttelte den Kopf. Sie war noch nicht bereit. „Noch nicht. Es fühlt sich so himmlisch an."

„Das wird es beim nächsten Mal auch. Wann immer du willst. Jetzt komm für mich, Miranda. Ich will spüren, wie du loslässt."

Genau das wollte sie tun. Sie ließ sich nach vorn gleiten, bis sie flach auf dem Bett lag. Caleb folgte ihrer Bewegung. Keine Sekunde lang unterbrach er die Vereinigung, seine Hand zwischen ihren beiden Körpern gefangen. Miranda hob die Hüften, um ihm mehr Platz zum Manövrieren zu geben, doch er zog die Hand nicht weg, sondern streichelte sie noch aufreizender.

Am liebsten wollte sie sich umdrehen, aber das konnte warten. Beim nächsten Mal würde sie die Regie übernehmen. Wenn sie ihren eigenen Empfindungen nicht so hilflos ausgeliefert wäre, würde sie die Beine um seine Hüften schlingen und ihm in die Augen sehen, um zu erkennen, was in ihm vorging. Sie würde …

Spürte er auch, wie richtig das war, was sie taten? Diese Verbindung kam ihr so einzigartig, so perfekt vor. Und Mirandas Gefühle steigerten sich mit jedem Mal.

Sie veränderte ihre Position und strich mit einer Hand zu seiner hinab, zu der Stelle, an der er eins mit ihr wurde. Stöhnend drang Caleb erneut ein und stieß keuchend ihren Namen aus.

„Komm für mich, Caleb. Ich möchte es spüren."

Leise fluchend beschleunigte er die Bewegungen, stieß härter und tiefer zu, füllte sie ganz aus, bis Miranda sich nicht länger zurückhalten konnte. Sie schrie auf, erzitterte vor Leidenschaft am ganzen Körper und spannte sich genau in dem Moment an, als auch Calebs Lust sich entlud.

Der Höhepunkt war wie eine Explosion, plötzlich und überwältigend. Miranda zitterte immer noch, als Caleb sich aus ihr zurückzog, sie auf den Rücken drehte und erneut in sie eindrang. Tränen liefen ihr aus den Augenwinkeln, obwohl sie so angestrengt versucht hatte, ihre Emotionen zu verbergen.

Doch er strich ihr nur lächelnd über die Wange und küsste sie auf den Mund. In diesem Moment verlor sie die Selbstbeherrschung. Sie schlang die Arme um seinen Nacken, drückte ihn an sich und kämpfte gegen die Schluchzer an. Dann bekam sie einen unglaublich lauten Schluckauf.

Als er verstummte, wusste sie nicht, ob sie vor Freude lachen oder weinen sollte. Dieser lächerliche Laut hatte sie davor bewahrt, die gemeinsame Nacht durch einen Gefühlsausbruch zu ruinieren. „Tut mir leid." Wieder bekam sie Schluckauf und musste jetzt lachen, als es nicht aufhörte. „Das muss an dem vielen Gemüse liegen, das beim Sex durcheinandergewirbelt wurde."

Erneut gab sie gegen ihren Willen einen Hickser von sich und hielt erschrocken die Hand vor den Mund. „Unglaublich. Also merke: Niemals Sex nach Salat."

Calebs Erregung war abgeklungen. Er legte sich neben sie. „Und wie steht's mit Dessert nach Sex?"

„Kommt sofort." Sie setzte sich auf und befürchtete, dass er ihr die tiefen Emotionen anmerkte.

Bevor sie aufstehen konnte, hielt Caleb sie am Arm fest. „Miranda, es ist okay."

„Nein, das ist es nicht." Aber im Moment wollte sie nicht darüber sprechen. „Ich bin eine entsetzliche

Gastgeberin mit entsetzlichen Manieren.“

„Schon möglich.“ Er zog sie zurück zu sich und küsste sie zärtlich. „Aber dafür bist du auch eine Wahnsinnsgeliebte.“

Später lag Caleb auf dem persischen Teppich vor dem Kamin, stellte Mirandas Kaffeebecher auf den Couchtisch und trank von seinem eigenen Kaffee, während er darauf wartete, dass sie mit dem Kuchen zurückkehrte.

Er hatte sich Socken, Shorts, Jeans und Hemd wieder angezogen, das Hemd jedoch nicht zugeknöpft.

Anstatt sich ihre Kleidung wieder anzuziehen, trug Miranda jetzt eine enge schwarze Hose, Socken und einen Pullover und war beim Kaffeekochen in der Küche so vorsichtig um ihn herumgerutscht, als würde sie eislaufen.

Er hatte befürchtet, sie könne sich ein Bein oder einen Arm brechen, aber noch mehr hatte er, als sie miteinander geschlafen hatten, befürchtet, er könne ihr das Herz brechen. Ihr unterdrücktes Schluchzen war ihm nicht entgangen, genauso wenig wie ihr Zögern, bevor sie sich von ihm gelöst hatte. Er war zwar kein sehr emotionaler Mensch, doch das bedeutete nicht, dass er keine Ahnung von Gefühlen hatte.

Er wusste sehr wohl, was Frauen beim Sex empfanden. Miranda war schon seit Langem mit keinem Mann mehr zusammen gewesen. Er wusste nicht, ob sie geschieden oder überhaupt verheiratet gewesen war, ob sie sich in aller Freundschaft getrennt hatte oder noch nie längere Beziehungen gehabt hatte.

Das alles wusste er nicht, aber er brauchte es auch nicht zu wissen. Im Moment zählten für ihn nur die gemeinsame Zeit mit Miranda und die Tatsache, dass er am Montag abreiste. Ein Glück. Für sie beide. Miranda brauchte keinen Partner, der in der Lage war, jederzeit der ganzen Welt zu verkünden, was sie der Öffentlichkeit verheimlichen wollte.

Er hatte das nicht vor, aber bei Delano Wise hatte er es auch nicht geplant. Im Grunde war es eher Dels Verlobte gewesen, über die Caleb alles ausgeplaudert hatte. Als Max Savage hatte er der Welt verraten, dass die berühmte Kirchenmusikerin sich gerade in einer Entzugsklinik von ihrer Kokainsucht heilen lassen wollte. Durch diesen Bericht hatte sie ihren Plattenvertrag verloren und auch die Möglichkeit, mit einem eigenen Label bei einer großen Bekleidungskette einzusteigen.

Und Caleb? Er hatte seinen besten Freund verloren, den größten Teil seiner Selbstachtung, und dafür hatte er die Erkenntnis gewonnen, dass er schon über all die Jahre hinweg Kummer verursacht hatte. Es gab eine Grenze, und er hatte sie übertreten. Leider hatte er sich dadurch auch selbst verändert.

„Bist du sicher, dass du jetzt noch Appetit auf Kuchen hast?"

Er hatte Miranda nicht zurückkommen gehört. Als sie nun mit zwei Tellern vor ihm stand, setzte er sich auf und nahm ihr einen der Teller ab. „Auf Süßes habe ich immer Appetit."

„Du warst wohl gerade ganz weit weg, was?" Sie nahm neben ihm Platz.

Er schüttelte nur den Kopf und aß von seinem Stück Torte. „Ich habe über ein Buch nachgedacht, an dem ich gerade arbeite."

„Du schreibst ein Buch?"

Wahrscheinlich war der Zeitpunkt jetzt so gut oder schlecht wie jeder andere, um ein paar Details aus seinem Leben zu offenbaren. Da sie bereits schlechte Erfahrungen mit der Presse gesammelt hatte, war ihm klar, dass das, was er jetzt sagte, sicher auch Auswirkungen darauf haben würde, wie die Dinge sich zwischen ihnen entwickelten. „Eigentlich arbeite ich nicht direkt künstlerisch. Bei mir geht es eher um Nachrichten aus dem Unterhaltungssektor."

Sie erstarrte. Ihr Blick bekam einen ängstlichen Ausdruck. „Du bist Reporter?"

Er nickte.

„Du sagtest doch, du seiest künstlerisch tätig."

„Ich weiß. Künstlerisch klingt einfach nicht so …"

„Oberflächlich? Reißerisch? Billig und verlogen?"

Er hielt sich eine Hand an die Brust. „Du verletzt mich gerade ziemlich tief."

„Was erwartest du denn? Ehrfürchtige Verbeugungen?" Wütend stach sie mit der Gabel auf ihr Stück Kuchen ein.

Wieso fühlte es sich für ihn an, als sei er es, auf den sie einstach? „Ich schreibe Artikel."

„Sicher ist dir der Wahrheitsgehalt deiner Storys auch eher egal, stimmt's?"

Was sollte er dagegen einwenden? Allerdings schmerzten ihre Anschuldigungen trotzdem. „Du weißt gut, wie du einem Mann wehtun kannst."

„Ich habe nichts gegen dich, sondern nur gegen deinen Job." Sie steckte sich ein Stück Kuchen in den Mund.

So leicht wie ihr fiel es ihm nicht, zwischen seinem Job und sich selbst zu unterscheiden. „Das heißt, wenn ich schreiben würde, Candy singt wie eine Feuerwehrsirene, würde dies Miranda nicht das Geringste ausmachen?"

„Vielleicht doch ein bisschen." Stirnrunzelnd trank sie von ihrem Kaffee und aß ihren Kuchen auf, bevor sie schließlich fragte: „Wieso schreibst du nicht über Politik oder das Ausland oder ..."

„Anstatt über Hollywood oder New York? Du meinst, das, worüber ich schreibe, sei nicht wirklich wichtig? Oder überhaupt berichtenswert? Egal, wie viele Menschen diese Nachrichten aufsaugen?" Das hörte er alles nicht zum ersten Mal.

Sie nickte und wich seinem Blick aus. „Was du schreibst, verletzt Menschen, Caleb."

Er wusste selbst nicht, wieso er einen Job verteidigte, den er schon sehr bald an den Nagel hängen wollte. In gewisser Weise empfand er Stolz auf die Arbeit, die er in den vergangenen Jahren geleistet hatte, selbst wenn er Fehler gemacht und Grenzen überschritten hatte. „Jeder Bericht kann Menschen verletzen, Miranda. Wenn ich einen politischen Skandal aufdecke, verletze ich damit irgendjemanden. Wenn ich über Tote im Nahen Osten berichte, verletzt es jemanden.“

„Aber das ist nicht dasselbe.“ Sie stieß mit der Gabel auf den Teller.

„Das sagst du nur, weil dich irgendein Journalist in deinem früheren Leben verletzt hat, richtig?“ Er spürte, dass er kurz davorstand, die Ursache für ihre Abneigung gegen Reporter zu entdecken.

„Ja, es ging um meine Scheidung. Ich wurde gedemütigt, indem man mich als bemitleidenswertes Wesen dargestellt hat, das seinen Ehemann nicht befriedigen kann und das nur aus dem einen Grund ehrenamtlich arbeitet, um die Aufmerksamkeit von den betrügerischen Machenschaften des Ehemanns abzulenken. In den Augen der Öffentlichkeit stand ich als eiskalte Hexe da.“

Miranda Kelly? Eine Scheidung? Ein Ehemann, der wegen Betrugs angeklagt war? „So ist das nun mal. Die Menschen wollen sehen, wie die Mächtigen zu Fall kommen. Dadurch kommen sie leichter mit ihrer eigenen Situation zurecht. Und du bist weder eiskalt noch eine Hexe.“

„Auch die Mächtigen sind Menschen, und es wäre nett, wenn der Rest der Menschheit das nicht vollkommen vergisst.“ Sie atmete tief durch. „Entschuldige, das klang jetzt arrogant und weinerlich zugleich.“

„So was bekommt nur einer der Mächtigen hin“, scherzte er, während er beobachtete, wie ihr Haar im Kaminschein rötlich schimmerte.

„Glaub mir.“ Sie stieß die Luft aus. „Ich war niemals mächtig. Ich habe nur reich geheiratet, mehr nicht.“

„Und dann hat er dich betrogen.“

„Das kam später. Er wurde immer selbstgerechter und hat dafür gesorgt, dass er alles bekam, was er wollte.“

„Nur dich wollte er irgendwann nicht mehr?“

„Andersherum. Ich wollte ihn nicht mehr. Ich war die brave Ehefrau, die sich um ihre eigenen Angelegenheiten und den Haushalt kümmerte. Von den anderen Frauen hatte ich keine Ahnung, bis es bei der Verhandlung ans Licht kam.“

„Bei welcher Verhandlung?“

Mit der Gabel winkte sie ab. „Ich habe schon zu viel erzählt. Wie schmeckt dir der Kuchen?“

„Wunderbar.“ Seinetwegen konnte sie ruhig weitererzählen.

„Worum geht es in deinem Buch?“

Offenbar wollte sie das Thema wechseln, doch nachdem sie auf seine Enthüllungen bereits so ablehnend reagiert hatte, wollte er lieber nicht weiter über seine Zukunftspläne sprechen. Er schüttelte den Kopf. „Lieber nicht.“

„Bitte. Ich verspreche, dass ich dich nicht damit aufziehen werde. Keine abfälligen Bemerkungen, wirklich nicht.“

Das bezweifelte er. Doch wenn er über seine Studien sprach, welche Wirkung die Klatschblätter auf die Gesellschaft hatten, gab es sicher Punkte, in denen

Miranda mit ihm übereinstimmte. Dann war sie ihm gegenüber vielleicht weniger feindselig. Andererseits war er sich nicht sicher, wie viel von sich er ihr offenbaren wollte.

Letztlich überraschte er sich selbst, indem er einfach anfing: „Es klingt vielleicht seltsam, aber ich versuche, aus dem Geschäft mit den Promi-News auszusteigen."

Verblüfft sah sie ihn an. „Und das willst du mit diesem Buch tun?"

Er nickte. „Ich stelle gerade ein Exposé zusammen, damit mein Agent sich damit an die unterschiedlichen Verlage wenden kann. Er reibt sich bereits die Hände vor Vorfreude."

Eine Weile sah sie ihn nachdenklich an. „Ich glaube, du hast mir noch nicht alles über dich verraten."

„Wie kommst du darauf?"

„Du scheinst dir so sicher zu sein, dass dieses Buch ein Erfolg wird."

Bei den Informationen, die ihm zur Verfügung standen? Ganz sicher. „Wir müssen uns mal zusammensetzen und gegenseitig Geheimnisse austauschen."

Miranda stieß die Luft aus. „Wahrscheinlich keine so gute Idee. Das könnte nur in einer Katastrophe enden."

Er lachte. „Dann schicke ich dir eine signierte Ausgabe des Buchs, bevor es in die Buchläden kommt. Was hältst du davon?"

„Darf ich dich was fragen?"

„Jederzeit."

„Es geht mich zwar nichts an, und ich könnte gut verstehen, wenn du nicht antworten willst, aber …"

„Frag nur, Miranda. Wenn ich nicht antworten will, dann lasse ich es."

„Wenn du die Wahl hättest: Würdest du dann lieber für CNN oder die ‚New York Times' schreiben?" Einen Moment ließ sie ihm Zeit zum Nachdenken, bevor sie fortfuhr: „Anstatt über Promi-Hochzeiten zu berichten. Ich schätze mal, deswegen bist du hier, oder?"

Hatte sie ihm nicht gerade eben noch versichert, sie werde ihn nicht mehr damit aufziehen? „Ja, das stimmt. Und die erste Frage beantworte ich, wenn du mir versprichst, mir auch eine Frage zu beantworten."

Ganz offen erwiderte sie seinen Blick. In ihren grünen Augen spiegelte sich das Licht aus dem Kamin. „Was willst du wissen?"

„Wieso bist du hierher zurückgekehrt?"

„Was meinst du damit?" Sie hob die Schultern. „Hier bin ich aufgewachsen."

„Du bist von hier weggezogen, hast geheiratet, wurdest geschieden und bist hierher zurückgezogen. Wieso?" Er griff nach seinem Kaffee und führte den Becher zum Mund.

Sie zuckte mit den Schultern, als sei die Antwort darauf ganz offensichtlich. „Mir gefällt es hier. Es ist eine ruhige, friedliche und stressfreie Welt."

Caleb drängte weiter. „Ohne neugierige Presse?"

„Das kommt noch hinzu, ja." Wieder nickte sie.

„Aber ich erwarte gar nicht, dass du verstehst, wie es ist, ständig von Reportern belästigt zu werden. Schließlich stehst du auf der falschen Seite der Mikrofone."

Er dachte an die Frage zurück, die sie ihm gestellt hatte, und an das, was sie ihm von ihrer Scheidung erzählt hatte. „Würde es einen Unterschied machen, wenn ich hinter einem Mikrofon stünde, aber für CNN oder die ‚New York Times' berichten würde? Ist es nur die Tatsache, dass ich über Stars und Sternchen berichte, die dich stört?"

„Es fällt mir schwer, mir bewusst zu machen, dass du so einen Job hast. Du verkörperst damit alles, was ich an den Medien verabscheue. Und trotzdem …"

„Und trotzdem bringst du es nicht über dich, mich zum Teufel zu jagen."

„Ich bin gern mit dir zusammen. Nie hätte ich gedacht, dass ich … Ach, egal." Sie schüttelte den Kopf, und Tränen standen ihr in den Augen. „Es spielt keine Rolle."

Er wollte sie nicht bedrängen. Wenn sie ihn nicht wiedersehen wollte, würde er das akzeptieren müssen. Dennoch fragte er sich, wie sie erst reagiert hätte, wenn sie mehr als nur die geschönte Version über seine Taten erfahren hätte?

„Sei mir nicht böse, aber ich möchte schlafen gehen. Ich habe auf einmal ziemliche Kopfschmerzen." Sie stellte den Teller weg, stand auf und schlang die Arme um sich. „Du kannst im Gästezimmer schlafen, aber im Schrank findest du auch Kissen und Decken, falls du hier vor dem Kamin übernachten möchtest."

„Kein Problem." Offenbar schaffte er es immer wieder, bei den wichtigen Dingen in seinem Leben zu versagen. War das eine Rache des Schicksals dafür, dass er so vielen Menschen Kummer bereitet hatte? „Wir sehen uns morgen früh. Gute Nacht."

8. KAPITEL

Als Caleb sich am nächsten Morgen endlich vom Sofa aufrappelte und ins Bad ging, fand er dort eine Nachricht von Miranda am Spiegel. Die Kaffeemaschine sei schon vorbereitet, er müsse sie nur noch anschalten.

Es gebe Eier, Speck und Mehl, falls er sich zum Frühstück etwas braten wolle, und es seien auch Cornflakes oder Müsli und Milch da, wenn er es lieber schnell und einfach haben wolle. Sie sei im Blumenladen, aber heute Abend könnten sie sich im Club Crimson sehen, wenn er den gestrigen Abend wiedergutmachen wolle.

Bei dieser Bemerkung musste er lächeln, doch dann ließ er die Schultern sinken, als ihm klar wurde, was für ein Mistkerl er war.

Da sie ihm nicht angeboten hatte zu duschen, wusch er sich nur das Gesicht und putzte sich mit einem Finger provisorisch die Zähne. Eigentlich hätte er auch die Zahnbürste mitnehmen können, aber als er zu ihr gefahren war, hatte er nur an Sex und das Dinner gedacht.

Das Angebot mit dem Kaffee nahm er allerdings gern an. Fast die gesamte Kanne trank er leer, während er an der offenen Küchentür stand und fror. Warum er das trotzdem so gern tat, konnte er selbst schwer erklären. Aber immerhin machte der heiße Kaffee die Kälte erträglich.

Am Abend zuvor hatte er kurz vor dem Einschlafen beschlossen, das Blumengeschäft aufzusuchen und

Miranda ein Bouquet zu schicken – als Dank für das wundervolle Dinner und den unvergesslichen Abend. Dabei war ihm durchaus bewusst, dass sie sich die Blumen letztlich selbst schicken musste.

Entweder akzeptierte sie die Geste als Entschuldigung, oder sie sah darin nur einen weiteren Beweis dafür, dass er ein Mistkerl war. In diesem Fall brauchte er wohl kaum mit einer Versöhnung zu rechnen.

Zuerst musste er herausbekommen, wo das Blumengeschäft sich befand und wie er dorthin kam. In der Küche fand er das Telefon, und in einer Schublade darunter lag auch das Telefonbuch. Unter der Rubrik Floristen gab es außer „Under The Mistletoe“ keinen weiteren Eintrag.

Das Geschäft lag an der First Street, und aus dem kleinen Stadtplan unten auf der Anzeige war ersichtlich, dass die Straße direkt von der Second Avenue abging. Leider lautete die Hausnummer 102, und vorausgesetzt, dass die Häuser in Mistletoe genauso nummeriert wurden wie in anderen Städten, bedeutete das, dass Caleb zehn Blocks durch die Kälte laufen musste.

Boots und Mantel hatte er mit, aber keine Mütze, und auch die Jeans würde ihn nicht sehr wärmen. Er würde schnell gehen müssen und hoffen, dass sein Blutkreislauf ihn lange genug wärmen konnte, ohne dass er sich Erfrierungen an Ohren und Nase holte.

Als er erst unterwegs war, stellte er fest, dass es gar nicht so kalt war, wie er befürchtet hatte. Vielleicht war er auch nur zu beschäftigt damit, sich zu überlegen, wie er den Schaden, den er am Vorabend angerichtet hatte, wiedergutmachen konnte. Zugegeben, Miranda hatte ihn verletzt, doch das gab ihm nicht das Recht, sich ihr gegenüber genauso zu verhalten.

Sie war kein so zynischer Mensch wie er: Sie glaubte an Liebe, Romantik und bestimmt auch an Happy Ends. Und das, obwohl sie eine Scheidung hinter sich hatte, die die meisten Menschen sicher von jedem Glauben an romantische Märchen geheilt hätte.

Doch das überraschte ihn eigentlich nicht. Miranda war freundlich, klug, süß und optimistisch – all das, was er selbst nicht war.

Höchstens klug. Und er besaß Intuition. Sicher hätte er in seinem Job niemals Erfolg gehabt, wenn er keinen Verstand besäße. Andererseits war er jetzt hier in beißender Kälte unterwegs, und das war eher ein Armutszeugnis für seine Intelligenz.

Ein guter Pfadfinder wäre ich nie geworden, dachte er mit Blick auf seine schneeverkrusteten Boots.

Er konnte es immer noch nicht fassen, dass Miranda ihn in der Hotelküche einfach zurückgelassen hatte, sodass er selbst einen Weg zurück hatte finden müssen. Eher noch konnte er da verstehen, dass sie ihn auf dem Sofa hatte schlafen lassen, obwohl ihn auch das in seinem Ego gekränkt hatte. Schließlich, dachte er, während er sich gegen einen eiskalten Windstoß stemmte, hatte sie sich ihm keine zwei Stunden, bevor sie ihn auf das Sofa verbannte, mit Leib und Seele hingegeben.

Sie konnte singen, sie konnte kochen, und sie leitete ihr eigenes Geschäft. Eine so leidenschaftliche Frau wie sie im Bett zu haben, davon träumte jeder Mann – und obendrein sah sie umwerfend aus.

Wenn ich nicht aufpasse, überlegte er und blies sich wärmend in die Hände, bin ich es am Ende, der anfängt, an Beziehungen zu glauben. Dann gibt es für mich auf einmal außer Lust noch andere Worte, die mit L anfangen.

Fünf Minuten später erreichte er den Straßenblock, wo die Hausnummern mit 100 anfingen, und dort fand er auch „Under the Mistletoe‘ zwischen „Orsy's Donuts“ und „Hardware by Frank“, einem Café und einem Werkzeugladen. Ordnend strich er sich durchs Haar, und dann versuchte er schnell, das Chaos, das er dadurch auf seinem Kopf angerichtet hatte, wieder zu glätten.

Sobald er den Verkaufsraum betrat, hörte er zwei Frauen miteinander sprechen. Eine der Stimmen gehörte Miranda, die andere sicher der Mutter von Brenna Sparks. Die ältere Stimme sagte gerade etwas über Zoe, die nach der Schule noch zum Organisationstreffen des Weihnachtsballs müsse und anschließend von Patrice nach Hause gebracht würde.

Caleb registrierte all diese Informationen und ging zum Verkaufstresen. Die Türglocke verstummte gerade, als die Tür sich hinter ihm schloss, und Brennas Mutter kam mit einem freundlichen „Guten Morgen“ auf ihn zu.

„Guten Morgen.“ Ihm fiel die Ähnlichkeit zu Brenna auf. Nur ihr Mund war älter, die Lippen trotz des freundlichen Lächelns etwas verbissen. „Ich möchte ein paar Blumen bestellen. Liefern Sie auch in das Hotel in Snow Falls?"

„Selbstverständlich. Wissen Sie schon, was Sie möchten? Oder soll ich Ihnen bei der Entscheidung behilflich sein?"

Obwohl sie ihn bestimmt hören konnte, blieb Miranda im hinteren Zimmer. Umso besser, dachte er. „Kennen Sie Candy Cane? Die Sängerin im Club Crimson?"

Corinne Sparks blickte starr auf den Bestellblock vor sich und klopfte mit dem Kuli darauf, als falle es ihr schwer, ganz ruhig zu bleiben. „Ja, die kenne ich. Soll der Blumenstrauß für sie sein?"

Er nickte. „Ja. Ich weiß nicht so genau, was Frauen wollen. Ich meine, wenn es um Blumen geht. Rosen wären sicher etwas übertrieben. Und Grünpflanzen wirken eher wie für eine Beerdigung. Was würden Sie mir empfehlen? Was könnte ihr gefallen?"

„Tja, das hängt davon ab, was Sie mit dem Strauß sagen wollen." Sie malte auf dem Block herum, auf den sie bereits Candys Namen geschrieben hatte. „Die Show hat mir gefallen? Danke für die schöne Zeit? Bis nächstes Jahr?"

Caleb fragte sich, wie viel Miranda bereits über sie beide verraten hatte. „Vielleicht alles gleichzeitig. Und noch ein ‚Tut mir leid, dass ich so ein Mistkerl bin'."

„Die Show hat mir gefallen", notierte Corinne daraufhin. „Danke für die schöne Zeit. Bis nächstes Jahr. Tut mir leid, dass ich so ein Mistkerl bin." Belustigt blickte sie hoch. „Sonst noch etwas?“

„Ja. Du hast mir gezeigt, wie lecker Ziegenkäse ist.“

„Verstanden.“ Jetzt musste sie fast lachen und rieb sich mit einem Fingerknöchel an der Nase. „Mal nachdenken, was diese Gefühle am besten ausdrücken könnte.“

Sie unterhielten sich eine Zeit lang. Corinne schlug ihm unterschiedliche Blumen vor, die sie zu einem exotischen Strauß binden wollte, und schließlich zückte er seine Kreditkarte.

Es war ihm egal, wie teuer der Strauß wurde. Das war ihm die Vorstellung wert, dass Miranda beobachten musste, wie ihre Angestellte ihr einen Strauß zurechtband.

Als er beim Unterschreiben der Bestellung kurz hochsah, bemerkte er Miranda im Durchgang zum Hinterzimmer.

Sie verschränkte die Arme vor der Brust und lehnte sich an den Türrahmen. Zu ihrer Jeans trug sie einen gelben Rollkragenpullover und eine Schürze mit dem Logo ihres Geschäfts. Sie schüttelte nur leicht den Kopf und sah ihn an, als könne sie nicht begreifen, was er da tat.

Er zwinkerte ihr zu, steckte die Quittung in seine Manteltasche und wandte sich wieder an Corinne. „Wissen Sie, wie lange der Donut-Shop nebenan geöffnet hat? Oder gibt es einen anderen Ort, wo ich einen Kaffee trinken kann, während ich auf den Shuttlebus vom Hotel warte?“

„Orsy nebenan hat auf jeden Fall bis mittags geöffnet, manchmal auch länger, wenn er noch viel Kundschaft hat." Vertraulich winkte sie ihn zu sich. „Verraten Sie nicht, dass Sie es von mir wissen, aber für Gäste, die mehr als nur Süßes wollen, macht er auch Burger."

„Vielen Dank." Er winkte Corinne zum Abschied zu, blickte jedoch zu Miranda, als er sagte: „Ich werde Sie nicht verraten."

Sobald er Orsys Café betrat, umfing ihn der köstliche Duft von Gebäck. In dem kleinen Donut-Shop versammelten sich offenbar Mistletoes Einwohner zu ihrer Vormittagspause. Die meisten Gäste waren Männer um die sechzig in dicken Daunenjacken.

Am langen Tresen setzte Caleb sich auf einen Hocker und blies sich wärmend in die Hände. Ein schlanker Mann kam mit einer großen Kanne Kaffee und einem Becher zu ihm.

„Ich habe gelernt zu fragen, bevor ich einschenke." Es war Orsy höchstpersönlich, wie Caleb dem Namensschild entnehmen konnte. „Manche Leute, die vom Hotel zu uns kommen, möchten lieber Saft oder Tee."

„Kaffee, bitte. Mit Milch und Zucker." Lächelnd nickte er. „Ich mag alle Sachen, die ich lieber nicht zu mir nehmen sollte." Mit einem Nicken deutete er auf den Becher und atmete genüsslich den Duft ein, als Orsy ihm einschenkte.

„Möchten Sie auch etwas essen?" Orsy ließ genug Platz im Becher, damit Caleb sich selbst mit Milch und Zucker bedienen konnte. „Donuts, Plunderschnecken oder vielleicht einen Cookie? Suchen Sie sich Ihr Lieblingsgift aus."

„Am liebsten eine Plunderschnecke." Caleb schüttete sich Zucker in den Kaffee. „Oder vielleicht auch ein oder zwei Burger."

Schnaubend legte Orsy ihm eine Handvoll Portionsdöschen Kaffeesahne hin. „Sie haben mit Corinne gesprochen, stimmt's? Ein einziges Mal habe ich ihr zuliebe Burger gemacht, und prompt erzählt sie jedem, dass dies hier eine verkappte Imbissbude sei."

Caleb schüttete sich Milch in den Kaffee und lachte. „Schon gut, mit einem Stück Plundergebäck bin ich auch glücklich. Ich dachte nur, ich könnte hier Frühstück und Lunch gleichzeitig abhaken. Aber ich kann mir auch später noch einen Burger besorgen."

„Also schön." Orsy stellte die Kaffeekanne zurück und holte Caleb sein Plundergebäck. „Burger bekommen Sie hier nur im ‚Fish and Cow Chips', und Finch macht seinen Laden nicht vor vier auf. Vorausgesetzt, Sie wollen nicht die Fast-Food-Variante von ‚McDonald's' da hinten. Warten Sie einen Moment, ich mach Ihnen Ihren Burger."

Caleb biss in den Blätterteig und trank von seinem Kaffee. Währenddessen blätterte er in der Lokalzeitung.

Nach kurzem Durchblättern der wenigen Seiten hatte er einen Überblick über den Inhalt und fing an, die Zeitung von vorn zu lesen. Es gab ein paar Artikel über Fragen von landesweitem Interesse, einige Berichte zur Politik des Landkreises, einen Bericht über das Kriminallabor in Denver – und sehr ausführliche Wettervorhersagen mit Schneefallwahrscheinlichkeiten für die zahlreichen Skigebiete im Umkreis.

Im Anzeigenteil stieß er auch auf eine Annonce von Mirandas Geschäft, und sofort fragte er sich, welchen Anteil ihres Umsatzes sie mit Kunden aus dem Ort machte. Bestimmt verdankte sie dem Romantikhotel oben auf dem Berg einen hohen Prozentsatz ihres Geschäfts. Im Grunde war es erstaunlich, wie sich ein Blumenladen in einem so kleinen Ort wie Mistletoe überhaupt halten konnte.

Andererseits hatten die Menschen auch hier Geburtstag, feierten Jubiläen, Geburten, starben und heirateten, genau wie überall auf der Welt. Nur weil er selten Blumen verschenkte, bedeutete das nicht, dass es nicht auch Menschen gab, die ein Vermögen in Blumen investierten.

Während er den Gesprächen um sich herum zuhörte, musste er lächeln, als er an die Karte dachte, die er zu Mirandas Blumenbouquet in Auftrag gegeben hatte. Das Wort Ziegenkäse hatte Corinne sicher noch nie auf eine Grußkarte geschrieben, obwohl sich bestimmt oft jemand mit Blumen entschuldigte.

Wenn er Miranda das nächste Mal sah, würde er sich noch einmal persönlich bei ihr entschuldigen. Ihr Lächeln vorhin im Blumenladen hatte ihm gezeigt, dass sie ihn richtig verstand.

Spaß und tiefe Gefühle passen einfach nicht zusammen, dachte er und bedankte sich bei Orsy, der ihm die Burger servierte und ihm Kaffee nachschenkte.

Miranda und ich kennen uns erst drei Tage, haben schon zusammen gegessen, getrunken und miteinander geschlafen, und schon verbannt sie mich aufs Sofa, dachte er. Und ich schicke ihr Blumen, um mich bei ihr zu entschuldigen.

Im Grunde wollte er gar nicht, dass es dazu kam, dass sie beide ausdiskutierten, wer was wann richtig oder falsch gemacht hatte. Von diesem Gedanken wurde er kurz abgelenkt, als er in seinen Burger biss und einen Moment glaubte, gestorben und im Paradies gelandet zu sein. Ich bin ich, dachte er, das ist alles.

Miranda ist gern mit mir im Bett, und sie hat Spaß, wenn wir unbefangen reden, aber sobald das Gespräch sich in die Richtung ernsterer Themen bewegt …

Er hatte es ernst mit dem gemeint, was er ihr gesagt hatte. Jeder veröffentlichte Zeitungsartikel konnte jemanden verletzen. Ihm war klar, dass sie sehr unter den Medien gelitten hatte, aber allein den Reportern die Schuld dafür zuzuschieben, ohne darüber nachzudenken, wieso die Öffentlichkeit sich nach diesen Berichten sehnte, passte ihm nicht.

Caleb war nicht gerade stolz darauf, wie er seine Meinung vertreten hatte, doch die unterschiedlichen Sichtweisen in genau diesem Punkt waren es, was sie beide letztlich voneinander trennte.

„Also schön, spuck's aus.“ Corinne wandte sich zu Miranda um, sobald die Tür hinter Caleb ins Schloss gefallen war und die Türglocke verstummte. „Was soll das mit den Blumen? Weiß er, wer du bist?"

Miranda stützte sich mit einem Arm an die Wand und lehnte die Stirn dagegen. „Ja, er weiß es."

„Hast du es ihm verraten?"

„Nein." Sie stieß die Luft aus, blickte zur Decke und machte eine ausholende Geste. Sie wusste nicht einmal genau, auf wen sie wütender war: auf Caleb, sich selbst oder Barry. „Es war Barry, der ihm unbedingt alles Wissenswerte über Mistletoe erzählen musste."

Langsam las Corinne ihre Notizen durch, die sie nach Calebs Anweisungen notiert hatte. „Ziegenkäse? Mistkerl?"

„Das ist eine lange Geschichte." Miranda wandte sich wieder dem Hinterzimmer zu. Wollte sie überhaupt mit Corinne darüber sprechen und sich dann von ihrer Freundin einen Vortrag darüber halten lassen, dass sie sich in so kurzer Zeit so sehr auf Caleb eingelassen hatte? Hatte sie sich nicht geschworen, sich überhaupt nicht mit Fremden einzulassen?

Wenn sie sich selbst gegenüber ehrlich war, musste sie zugeben, dass sie schon sehr eng zueinander standen, obwohl sie es beide nicht gewollt hatten.

„Hör zu, ich muss mich noch um die Blumen für die Hochzeit kümmern, also werde ich jetzt reden, und du hörst zu." Corinne ging zu einem Gebinde von zwei Dutzend roten Rosen, die bereits für die Lieferung zum Hotel bereitlagen. „Ich schätze mal, das gefüllte Hühnchen ist dir gelungen, ja?"

„Mehr als gelungen." Miranda setzte sich. „Und der Kuchen, den ich bei Ida besorgt habe – umwerfend."

„Nach italienischem Rezept?"

Miranda nickte und stöhnte fast orgastisch.

Auch Corinne seufzte verzückt. „Hmm, ich schwöre, ich habe Orsy und Ida bestimmt zehn Kilo Übergewicht zu verdanken. Und trotzdem gehe ich immer wieder hin und hole mir mehr."

„Da bist du nicht die Einzige." Miranda fuhr ihr Laptop hoch und wartete, während das Buchhaltungsprogramm startete. „Ich wüsste gern, wie die zwei es schaffen, so dünn zu bleiben. Ihre Kinder sind auch schlank."

„Das hat alles nur mit den Genen zu tun. Unsereins hat leider zunehmend das Problem, in seine Jeans zu kommen. Und du", drohend hob sie den Finger, „du hast das Problem, deine Jeans anzubehalten."

Entnervt erwiderte Miranda ihren Blick. „Sei froh, dass du nicht Komikerin geworden bist."

„Zurück zum Thema."

Miranda deutete auf ihren Monitor. „Ich muss Rechnungen schreiben. Also komm zurück zum Thema, und fasse dich kurz."

Corinne hob die Augenbrauen. „Candy Cane müsste eigentlich den schrecklichsten Blumenstrauß bekommen, den ‚Under The Mistletoe' jemals ausgeliefert hat. Ich dürfte keine einzige Blume verwenden, die sie mag. Im Gegenteil: Es müssten ausschließlich solche sein, die sie hasst."

Darüber musste Miranda lachen. „Dann ist es ja gut, dass sie keine Allergien hat, sonst bräuchte sie nur einmal an dem Strauß zu schnuppern und würde auf der Stelle in einen anaphylaktischen Schock fallen."

„Das wäre natürlich mein großes Ziel." Corinne legte die Rosen in den Kühlraum. „Aber ich kann mir nicht leisten, meinen Job zu verlieren, wenn ich Zoes Ausbildung bezahlen will, soweit sie nicht durch das Stipendium abgedeckt wird. Daher werde ich vielleicht doch einen hübschen Strauß zusammenstellen."

„Hat Zoe überhaupt schon entschieden, wo sie hingehen will?" Miranda wusste, dass Zoe von allen drei Hochschulen, an denen sie sich beworben hatte, Zusagen bekommen hatte. Alles ausgezeichnete Universitäten an der Ostküste und weit weg von Corinne. „Es wird sicher schwer für euch beide, wenn sie fortgeht."

Corinne winkte ab. Sie wollte Mirandas Mitgefühl nicht. Angestrengt suchte sie nach einer passenden Vase für ein exotisches Arrangement. „Zoe wird's prima gehen. Sie freut sich schon darauf, aus Mistletoe wegzukommen. Große, weite Welt schnuppern, so nennt sie es."

„Und du?" Es überraschte Miranda nicht, dass Corinne ablenkte.

„Ich?" Einen Moment schwieg sie nachdenklich. „Ich komme schon zurecht."

Das wollte Miranda nicht so stehen lassen. „Es wird dir prächtig gehen. Endlich wirst du Zeit für all die Dinge haben, die du aufgeschoben hast, weil du als Alleinerziehende für ein außergewöhnlich talentiertes Kind sorgen musstest."

Corinne schnaubte. „Zum Beispiel die Garage aufräumen und die Kacheln im Bad schrubben? Wunderbar. Das kann ich kaum erwarten."

„Du hast selbst gesagt, dass du gern eine Woche zu deiner Schwester nach Boston fahren würdest. Und mit May Potter hast du immer wieder davon gesprochen, dass ihr eine Reise nach Alaska macht." Für Corinne hatten ihre Töchter immer an erster Stelle gestanden. Doch dass es für sie persönlich gar nichts gab, worauf sie sich freute, war für Miranda neu und machte ihr Sorgen. „Du weißt doch, dass du noch bezahlten Urlaub nehmen kannst. Falls du dir Gedanken wegen möglicher Fehltage machst."

„Nein, die Fehlzeiten stören mich nicht."

„Sondern?" Miranda drehte sich auf ihrem Stuhl herum und wandte sich ganz ihrer Freundin zu.

Zu einem Regal mit Blumen gewandt, aber mit Blick in die Ferne seufzte Corinne so schwer, dass sie am ganzen Körper zitterte. „Ich mache mir Sorgen, dass ich bei Brenna so viele Fehler gemacht habe, dass Zoe es mir nicht verzeiht. Dann wird keine meiner Töchter jemals wieder nach Hause kommen."

„Was redest du da?" Miranda stand auf und ging zu ihr. „Natürlich wird Zoe zurückkommen."

Fragend blickte Corinne sie mit Tränen in den Augen an. „Und Brenna? Ich habe ihre Gesten immer zurückgewiesen. Und wenn sie nun irgendwann ganz damit aufhört?"

„Dann musst du eben zu ihr gehen und von dir aus den ersten Schritt machen. Sie ist im Moment im Ort."

„Ja, im Hotel." Corinne schüttelte den Kopf und griff nach einer eckigen roten Vase. „Und das weiß ich nur, weil sie gesehen wurde und man es mir zugetragen hat. Es ist ja nicht so, dass sie angerufen und es mir mitgeteilt hätte."

Für ihre Hochzeit mit dem Abgeordneten hätte Brenna sich jeden Ort auf der Welt aussuchen können. Miranda glaubte nicht, dass Brenna hierher nach Mistletoe kam, wenn sie nicht wollte, dass ihre Familie an diesem wichtigen Tag bei ihr war.

Andererseits war sie fast noch ein Mädchen, und sie hatte eine sehr starke Mutter. „Vielleicht hat sie Angst, noch näher zu dir zu kommen."

Stirnrunzelnd zog Corinne die Vase an ihre Brust. „Wieso sollte sie Angst vor mir haben?"

„Keine Ahnung. Weil du all ihre Geschenke weggegeben hast? Weil du dich geweigert hast, ihr Geld anzunehmen?" Miranda legte ihr einen Arm um die Schultern. „Vielleicht glaubt sie ja das, was sie hört. Dass du ihren Lebensstil hasst."

„Das tue ich auch." Corinne löste sich aus der Umarmung und stellte die Vase auf den Tisch. „Aber das heißt ja nicht, dass ich sie hasse. Ich könnte sie niemals hassen."

Einen Menschen lieben, seine Taten verabscheuen und lernen, Kompromisse zu schließen. „Das solltest du ihr sagen."

„Ich habe es ihr unzählige Male gesagt." Corinne bekam kaum noch ein Wort heraus.

„Dann sag es ihr noch mal." Lächelnd setzte Miranda sich wieder an ihren Computer. „Vielleicht mit Blumen?"

„Dir ist jedes Mittel recht, um den Umsatz anzukurbeln, stimmt's?" Corinne klang unwillig, doch sie ging sofort noch einmal zu dem Regal und suchte eine zweite, kleinere Vase zusätzlich zu der, die sie für Calebs Bestellung ausgesucht hatte.

An manchen Tagen, dachte Miranda, sollte man wirklich Blumen sprechen lassen. „Wenn der Tag so weiterläuft, wie er begonnen hat, können wir uns nicht beklagen."

Da er keine Lust hatte, die zwei Meilen bis zur Mistletoe County High School zu Fuß zu laufen, rief Caleb Barry an, bevor er den Donut-Shop von Orsy verließ. Den Shuttle-Fahrer fragte er, ob er in seinem Terminplan Zeit für einen Abstecher habe, bevor sie zum Hotel zurückkehrten.

Barry hatte keine Fahrt geplant und war bei dem Trinkgeld, das Caleb ihm in Aussicht stellte, sofort bereit, Taxi zu spielen, solange Caleb Verständnis dafür hatte, dass er umgehend zurückkehren musste, falls er angefordert wurde.

Als Caleb auf dem Rücksitz des Minivans saß, löcherte Barry ihn mit Fragen, was er an der Highschool wolle. Caleb solle das nicht falsch verstehen, er wolle ihn nicht unnötig nerven. Es gehe ihm nur darum, sicherzustellen, dass alles in Ordnung sei, wenn Caleb sich auf dem Campus mit einem Mädchen von der Schule treffe.

Caleb versicherte ihm, das sei völlig in Ordnung, sein Besuch dort sei rein beruflich. Aber da er keinen festen Termin ausgemacht habe, wäre es ihm lieb, wenn Barry noch dort warte, damit er nicht am Ende noch zu Fuß den Berg hinauf zurück zum Hotel laufen müsse. Schließlich sei es kalt, und bald würde es auch dunkel werden.

Damit war Barry einverstanden. Er hielt direkt vor dem Eingang der Sporthalle an. Von seiner Frau Marvetta, die mit May Potter befreundet war, die wiederum zusammen mit Patrice Price im Organisationskomitee des Weihnachtsballs saß, wusste er, dass das heutige Treffen in der Sporthalle stattfand, um die Halle im Anschluss an die Sitzung noch zu schmücken.

Caleb bedankte sich für die Fahrt und stellte fest, dass Barry ihn kostenlos mit Informationen versorgte, für die Caleb, wenn er sie einem zugegebenermaßen größeren Publikum mitteilte, bezahlt wurde.

Alles eine Frage der Perspektive, sagte er sich und steckte die Hände in die Manteltaschen, während er den erst kürzlich vom Schnee geräumten Weg zum Eingang der Sporthalle ging. Er zog am Türgriff und stellte erleichtert fest, dass die Tür offen war. Wieder wurde ihm bewusst, wie weit abseits vom Rest der Welt der Ort Mistletoe lag.

Sobald er in der Sporthalle war, fühlte er sich wieder in seine eigene Highschoolzeit zurückversetzt. Girlanden, Papierschlangen, Glitzerspray und Pappmaschee waren überall auf langen Tapeziertischen verteilt.

Kichernd und plaudernd liefen die Schüler von einem Tisch zum anderen, wobei ihre Sportschuhe bei jedem Schritt auf dem Holzboden quietschten. Durch die hohe Decke wurde jeder Laut verstärkt zurückgeworfen. Es roch nach Bohnerwachs, schweißgetränktem Leder, Tinte und dem Fettgeruch aus der Cafeteria.

Das Einzige, was sich seit Calebs Schulzeit geändert hatte, war die Tatsache, dass ein Mann, der unangemeldet die Sporthalle betrat, sofort angesprochen wurde.

Die Frau, die auf ihn zukam, hatte den Körperbau von Marilyn Monroe, steckte aber in Holzfällerkleidung. Ihr langes braunes Haar hatte sie zu einem Zopf geflochten, der ihr bis zu den Hüften reichte. „Kann ich Ihnen helfen?"

Er entschied sich für ehrliche Direktheit. „Ich bin Caleb McGregor und arbeite an einem Projekt über Brenna Sparks. Momentan wohne ich im Hotel in Snow Falls, und jetzt wüsste ich gern, ob ich mich kurz mit ihrer Schwester unterhalten könnte."

„Ich kenne Sie." Während sie ihn musterte, runzelte die Frau die Stirn, und Caleb fragte sich, ob das jetzt ein gutes Zeichen war.

Wahrscheinlich ist das Alans Frau, überlegte er. „Wirklich?"

„Sie sind der Mann, über den Mir…“ Im letzten Moment unterbrach sie sich. „Meine Freundin, die oben im Hotel arbeitet, hat mir von Ihnen erzählt.“

Er wollte lieber mit offenen Karten spielen. „Ist Ihre Freundin zufällig Miranda Kelly?“

„Ich war mir nicht sicher, ob sie Ihnen ihren Namen genannt hat. Ich bin übrigens Patrice.“ Sie reichte ihm die Hand. „Patrice Price.“

„Schön, Sie kennenzulernen, Patrice. Ja, sie hat mir verraten, dass sie Miranda heißt. Den Nachnamen weiß ich vom Fahrer des Shuttlebusses. Von ihm weiß ich auch, dass ich Zoe hier finden kann.“

Sie stützte die Hände in die Seiten. „Dieser Barry. Steckt seine Nase überall rein, ob es ihn nun etwas angeht oder nicht.“

„Seien Sie nicht zu streng mit ihm.“ Er schob seine immer noch kalten Hände in die Taschen seiner Jeans. „Er hat mir auch verraten, dass ich Zoe hier antreffen könnte.“

„Ich werde nie begreifen, wie er das anstellt.“ Als sie den Kopf schüttelte, flog ihr Zopf von einer Seite zur anderen. „Immer weiß er, wer was tut und mit wem.“

Diese Fähigkeit kam Caleb nicht unbekannt vor. „Dafür muss man immer mit offenen Augen und Ohren durch die Welt laufen.“

„Verstehe.“ Wieder musterte sie ihn, als sei sie sich nicht sicher, ob sie ihn mochte oder nicht. „Sie sind Reporter, das hatte ich fast vergessen.“

Die Dinge sprachen sich hier ja blitzschnell herum.

Erst gestern Abend hatte er es Miranda anvertraut. „Ich wünschte, das würden alle einfach mal vergessen."

„Wie zum Beispiel Miranda? Leute wie Sie haben ihr das Leben zur Hölle gemacht. Bevor Sie sich beklagen, dass sie Ihnen gegenüber misstrauisch ist und Sie Männchen machen lässt, sollten Sie mal lieber in den Spiegel sehen."

„Männchen machen musste ich bisher noch nicht." Nur auf dem Sofa schlafen, aber das kam sicher auf dasselbe hinaus. „Hören Sie, wenn Sie hier gerade zu beschäftigt sind, kann ich auch wieder gehen. Wäre es Ihnen möglich, Zoe zu bitten, mich im Hotel anzurufen?"

„Eigentlich sind wir hier so gut wie fertig." Patrice sah zu einer Gruppe von Schülern, die alle gemeinsam auf das Display eines Handys blickten und kicherten. „Zoe!"

Ein Mädchen mit dunklen Haaren und großen blauen Augen blickte hoch und kam näher, als Patrice sie zu sich winkte. „Zoe, das ist Caleb McGregor. Er ist Reporter und würde sich gern mit dir unterhalten."

„Mit mir?" Zoe sah von Patrice zu Caleb. Man merkte ihr an, wie unwohl sie sich fühlte. Wie wahrscheinlich jeder Teenager in so einer Situation. „Worüber denn?"

Caleb beschloss, ihr gegenüber genauso offen zu sein wie bei Patrice. „Ich schreibe eine Story über deine Schwester."

Sofort lächelte sie. „Über meine Schwester."

Er nickte. „Gestern habe ich mich mit ihr unterhalten, und ich wollte zu einigen Dingen, die sie mir erzählt hat, gern deine Meinung hören."

„Sie haben mit ihr gesprochen? Hier?" Zoe war begeistert.

„Ja, sie wohnt oben im Hotel."

„Oh, das fasse ich nicht!" Begeistert wandte sie sich ihrer Jacke und ihrem Rucksack zu. „Ich kann jetzt nicht reden. Ich muss los."

Beruhigend hielt Patrice sie am Arm fest. „Es war ausgemacht, dass du mit mir nach Hause fährst, schon vergessen?"

„Nein, ich kann bei Deb mitfahren. Gerade eben hat sie gesagt, sie müsse zur Arbeit." Erklärend wandte sie sich an Caleb. „Sie arbeitet im Souvenirshop im Hotel."

Caleb wollte die Gelegenheit, mit Brennas Schwester zu sprechen, nicht ungenutzt verstreichen lassen – obwohl ihm bewusst war, dass er wieder im Begriff war, eine Grenze zu überschreiten. „Wenn du zum Hotel möchtest, kann ich dich mitnehmen. Der Shuttlebus des Hotels wartet draußen auf mich. Es macht dem Fahrer sicher nichts aus, dich später wieder nach Hause zu bringen. Er sagte, für heute seien keine Touren geplant."

„Das wäre toll!" Vor Begeisterung sprang Zoe in die Luft. „Ich muss schnell meine Sachen holen. Oh, ich kann's nicht glauben, dass Brenna wieder hier ist."

Gemeinsam mit Patrice sah Caleb ihr nach, bis

Patrice sich vor ihm aufbaute. „Na, Sie sind mir ja ein toller Reporter."

Jetzt kommt's, dachte er. „Ich tue ihr doch nur einen Gefallen."

Mühsam ihre Wut unterdrückend, senkte Patrice die Stimme. „Ist Ihnen mal der Gedanke gekommen, dass Zoes Mutter nicht möchte, dass sie mit ihrer Schwester spricht? Oder auf eigene Faust zum Hotel fährt?"

Caleb zückte sein Handy und klappte es auf. „Wenn Sie die Nummer des Blumenladens wissen, dann rufe ich sie an und frage."

Patrice zögerte, als habe er sie beim Bluffen erwischt.

Er hielt das Handy weiterhin hoch. „Ist sie nicht bereits im Abschlussjahrgang? Dann ist sie in einem halben Jahr mit der Highschool fertig und fängt zwei Monate später auf dem College an."

„Ja, aber das ist noch acht Monate hin", erklärte sie, als könne er nicht rechnen. „Heute sollte sie bei der Vorbereitung des Abschlussballs helfen."

„Sagten Sie nicht, damit seien Sie bereits fertig?"

„Hören Sie, Mr. McGregor", sie rieb sich die Schläfen, „Zoe bedeutet uns allen sehr viel. Vor ihr liegt eine vielversprechende Zukunft."

„Schon verstanden. Und niemand möchte, dass sie so außer Kontrolle gerät wie angeblich Brenna. Das ist mir klar." Erst in diesem Moment erkannte er, dass er eine Trumpfkarte in der Hand hielt, und er spielte sie sofort aus. „Aber offenbar will sie zum Hotel, und jetzt müssen Sie entscheiden, ob sie mit ihrer Freundin Deb fährt, die es eilig hat, zur Arbeit zu kommen, oder mit dem verlässlichen Barry in seinem Minivan."

Patrice verschränkte die Arme vor der Brust und blickte zu den Schülern an der anderen Seite der Sporthalle. Offenbar wusste sie nicht, ob sie ihren Schützling gehen lassen sollte oder nicht. Als sie sich schließlich wieder Caleb zuwandte, merkte man ihr an, dass sie über ihre eigene Entscheidung nicht glücklich war. „Hören Sie jetzt auf, vernünftig daherzureden. Sonst bleibt mir am Ende nichts anderes übrig, als Sie zu mögen."

„Ich versuche immer, dafür zu sorgen, dass niemand mich mag." Resigniert stieß er die Luft aus. „Das macht mir den Job viel einfacher."

„Soll ich das Miranda weitersagen?" Fragend hob sie eine Augenbraue.

„Erzählen Sie ihr doch, was Sie wollen." Gleichzeitig musste er zugeben, wie weh ihm seine eigenen Worte taten.

In dem Moment kam Zoe wieder. Sie trug ihren Mantel und hatte sich den Rucksack über die Schulter gehängt.

Patrice begleitete sie noch bis zum Minivan, schloss die Tür hinter Zoe und plauderte kurz mit Barry, während Caleb sich auf den Beifahrersitz setzte.

Auf der Fahrt zum Hotel unterhielten Zoe und Barry sich wie alte Freunde. Da Caleb Brennas Schwester auf keinen Fall vor Barry, der fahrenden Gerüchteküche, interviewen wollte, überlegte er in der Zwischenzeit, wie er ungestört mit Zoe reden konnte, bevor sie auf Brenna traf.

Nachdem Barry vor dem Hoteleingang angehalten hatte, öffnete Jacob, der junge Page, Zoe die Tür und fing sofort an, mit ihr zu flirten, während er sie ins Hotel begleitete.

Caleb, der sich einen Plan zurechtgelegt hatte, behielt die beiden im Auge. Jacob stand neben ihr an der Rezeption und unterhielt sich angeregt mit ihr, während Caleb vom Haustelefon aus Brenna anrief.

„Ja?", meldete sie sich nach dem fünften Klingeln.

„Caleb McGregor hier. Könnten wir uns in einer halben Stunde im Restaurant ‚One in Vermillion' treffen?"

„Warum? Gibt es denn noch etwas zu besprechen?"

„Nein, nicht zwischen uns. Aber ich dachte, Sie würden gern mit Zoe reden."

Hörbar rang Brenna nach Luft. „Zoe ist hier?"

„Sie ist gerade eben mit mir aus dem Ort mitgekommen."

„Weiß meine Mutter davon?"

„Nicht dass ich wüsste."

„Okay. Ich komme runter."

„In einer halben Stunde."

„Vergessen Sie Ihre verdammte halbe Stunde. Ich komme sofort." Damit legte sie auf.

Das war's mit meinem Plan, dachte er, als sein Blick auf einen sehr großen Blumenstrauß fiel, der direkt neben einer Vase mit roten Rosen, einer weiteren mit Margeriten und einer dritten mit Gipskraut stand.

Den exotischen Strauß würde Miranda sicher später in ihrer Garderobe vorfinden. Doch dann verdrängte er hastig die Gedanken an Miranda. Er musste sich auf Zoe und Brenna konzentrieren, damit er für seinen Abschied als Max Savage genug Informationen sammelte, um sich mit einer guten Story endgültig von seiner zweiten Identität zu verabschieden.

9. KAPITEL

Nachdem sie nach ihrem Auftritt zehn Minuten lang in ihrer Garderobe auf und ab gelaufen war, um abzuwarten, bis der Club sich nach ihrer Show leerte, erkannte Miranda, dass sie Zeit vergeudete. Caleb kannte sie in ihrer wahren Identität, also war es albern, abzuwarten und sich in ihrer Verkleidung als Candy Cane zu ihm zu schleichen.

Falls noch einer der Gäste dort war, würde er sie nicht wiedererkennen. Dafür musste sie jedoch jede Ähnlichkeit mit Candy vermeiden. Und der Mensch, bei dem sie am meisten befürchtete, er könne die Exfrau von E. Marshall Gordon in ihr sehen, war genau derjenige, den sie jetzt treffen wollte.

Sie zog sich die Perücke vom Kopf, wusch sich in dem winzigen Bad der Garderobe das Make-up aus dem Gesicht, frisierte ihr kurzes Haar und trug etwas Mascara und Lipgloss auf. Aber was sollte sie für ihr Treffen mit Caleb in der Bar anziehen?

In ihren Boots, der Thermohose und den vielen Oberteilen unter dem Parka, also ihrem Outfit, das sie für die Fahrt durch die Kälte nach Hause wählte, passte sie nicht in den Club Crimson. Daher blieben ihr nur Candys Kleider zur Auswahl.

Vier Abende pro Woche trat sie hier auf, und im Lauf der Zeit hatte sie dabei so viele Kostüme angesammelt, dass sie einen Monat lang verschiedene Outfits tragen konnte. Leider waren es allesamt Kleider, denen man ansah, dass sie Candy Cane gehörten. Sie glitzerten und waren trotz unterschiedlicher Farbabstufungen allesamt rot.

Da ihr jedoch keine andere Wahl blieb …

Drei Kleider mit Saum in Kniehöhe kamen in die engere Wahl, und sie entschied sich für ein knielanges, trägerloses Kleid aus rubinroter Seide.

Caleb fand sie in der hintersten Nische der Bar, genau der, in der er auch an jenem ersten Abend gesessen hatte. Hier hatte sie ihn zum ersten Mal geküsst, und diese Nische hatte sie heute bei ihrem Auftritt ganz bewusst gemieden, weil sie nicht gewusst hatte, ob sie der Versuchung würde widerstehen können.

Nach und nach verlor sie jedes Gefühl für Selbstschutz, und gleichzeitig spürte sie, dass sie mit jedem Schutzmechanismus, den sie ablegte, auch freier wurde. Es war eine Art von Freiheit, mit der sie niemals gerechnet hätte, zumal ihr gar nicht bewusst gewesen war, wie eng die Grenzen lagen, die sie sich selbst gezogen hatte.

Caleb blickte auf, als sie sich mit einem Cherrytini zu ihm in die Nische setzte. Sein Haar war zerzaust, er war unrasiert und lächelte nicht.

„Was ist los?“ Sie probierte ihren Drink.

„Du hast mich nicht geküsst. Ich dachte, wenn ich mich hierher setze, bekomme ich dieselbe Behandlung wie beim letzten Mal.“

Aha. Sie stellte das Glas ab und verschränkte die Hände. „Ich hatte Angst, dass ich dann nicht wieder aufhören kann. Deine Küsse … machen süchtig, und Candy Cane geht nicht auf Wünsche Einzelner ein.“

„Wer sagt das?“ Er dankte Alan, der ihm einen neuen Drink servierte.

Miranda wartete ab, bis sie wieder ungestört waren. Ihr lag einiges auf dem Herzen, doch das Wichtigste wollte sie zuerst loswerden. „Ich habe eingehend über meine Reaktion gestern Abend nachgedacht, als du erzählt hast, dass du Reporter in der Unterhaltungsbranche bist. Ich schulde dir eine Entschuldigung.“

„Wofür? Für deine Ehrlichkeit?“

„Für meine Unhöflichkeit. Auch wenn es mir nicht gefällt, bist du in deinem Job offenbar sehr gut, und das muss ich respektieren. Es tut mir ehrlich leid.“

„Nein, Miranda, wenn sich hier jemand entschuldigen muss, dann ich.“

„Das hast du schon. Die Blumen waren zauberhaft.“ Besonders, weil sie von ihm kamen. „Corinne hat den Strauß versteckt, bis sie am Nachmittag zum Ausliefern gefahren ist. Ich musste also abwarten, bis ich hierherkam, um zu sehen, was sie zusammengestellt hat.“

„Und?“

„Sie sind wunderschön. Du hättest nicht so viel ausgeben sollen. Trotzdem danke. Ich kann mich nicht erinnern, wann mir jemand das letzte Mal Blumen geschenkt hat.“

„Gerade du solltest jeden Tag frische Blumen haben.“

„Habe ich auch.“ Sie zog die Kirsche aus ihrem Drink. „Aber sie gehören mir nicht.“

Lächelnd senkte er den Blick, und sie beobachtete

seine Hand, mit der er das Glas umfasste. Diese Finger hatten sie überall berührt. Ein Glück, dass sie ihn während der Show nicht geküsst hatte. Bei diesem Gedanken hätte sie keinen Ton mehr herausbekommen.

Schließlich räusperte er sich. „Als du hergezogen bist, hattest du da schon vor, ein Blumengeschäft zu eröffnen?“

Nein. Sie schüttelte den Kopf. Damals war sie völlig unvorbereitet aus Baltimore hierher zurückgekommen. Im Nachhinein grenzte es an ein Wunder, dass sie nicht gescheitert war. „Nein, ehrlich gesagt hatte ich keine Ahnung, was ich tun sollte. Ich hatte meine Abfindung und die Ersparnisse, aber als ich herausfand, dass das Geschäft zum Verkauf stand, habe ich einfach zugegriffen. Es kam mir so … einfach vor, so unkompliziert.“

„Hattest du denn Erfahrung als Floristin? Oder als Geschäftsfrau?“

„Nur durch meine ehrenamtliche Tätigkeit. Ich habe viele wohltätige Events organisiert, weil ich bei einigen Organisationen mit im Vorstand war. Das kam mir oft wie ein Vollzeitjob vor, aber es hat mir Freude gemacht. Das ist auch so ungefähr das Einzige, was ich hier anfangs vermisst habe.“

Er trank einen Schluck. „Die Nachfrage nach ehrenamtlicher oder wohltätiger Arbeit ist hier sicher eher gering.“

„Stimmt. Und deshalb habe ich auch eine Stiftung gegründet.“

Neugierig sah er sie an. „Wie bitte?“

„Meine Abfindung nach der Scheidung war ziemlich … großzügig.“ Im selben Moment wurde ihr klar, dass sie ihm wieder etwas aus ihrer Vergangenheit verriet. Etwas, das er nutzen konnte, um mehr über sie herauszufinden. Gleichzeitig gestand sie sich ein, dass ihr das bei Weitem keine so große Angst mehr machte wie bei ihrem ersten Treffen.

Was sich seitdem geändert hatte, wollte sie im Moment jedoch lieber nicht ergründen. „Als ich merkte, wie schwer es Corinne fiel, Zoe die Ausbildung zu finanzieren, habe ich Stipendien vergeben. Es gibt ein paar Bedingungen, aber jährlich wird einem Studenten, der Musik, Kunst oder Schriftstellerei studieren will, seine Ausbildung finanziert.“

„Bringt dich so etwas nicht in die Presse? Bist du dadurch nicht eine lokale Berühmtheit?“

Genau das war ja der geniale Punkt! Sie musste lächeln. „Nicht ich, sondern Candy. Die Stiftung heißt ‚Candy Cane Scholarship for the Arts‘.“

„Siehst du?“ Er hob das Glas und prostete ihr anerkennend zu. „Wusste ich’s doch, dass du etwas für die Künste übrighast.“

„Meine Künste, nicht deine. Abgesehen davon hast du recht.“ Mit dem Drink in der Hand lehnte sie sich zurück. „Deshalb habe ich auch den Job als Sängerin angenommen. Das Geld, das ich hier im Club verdiene, stecke ich in die Stiftung.“

„Beeindruckend. Miranda Kelly: Unternehmerin, Entertainerin und Förderin der schönen Künste. Und dann noch all die anderen Dinge, für die du gut bist."

„Zum Beispiel?" Unter dem Tisch gab sie ihm einen Tritt vors Schienbein. „Du bewegst dich auf sehr dünnem Eis, mein Freund. Wenn du nicht aufpasst, bekommst du überhaupt nichts mehr von diesen anderen Dingen, wie du sie nennst."

Sofort setzte er sich aufrecht hin und salutierte grinsend. „Entschuldigen Sie, Sir."

Nachdenklich sah sie ihn an. „Hast du schon recherchiert, um herauszufinden, wer ich bin?"

Eindringlich erwiderte er ihren Blick. „Ich war versucht, deinen Namen bei Google einzugeben, aber ich kam von meinem Zimmer aus nicht ins Internet. Danach habe ich zu arbeiten angefangen, die Zeit vergessen, und dann fing deine Show bereits an."

Damit hatte sie nicht gerechnet. Sie hätte gedacht, dass er unverzüglich alles daransetzen würde, ihre Vergangenheit auszugraben. Entweder lag ihm überhaupt nicht so viel an ihr, oder sie hatte ihn falsch eingeschätzt, und er war gar nicht so skrupellos, wie sie gedacht hatte. „Geschieht dir das oft, dass du so in deine Arbeit vertieft bist?"

Nachsichtig lächelte er sie an. „Du meinst die Kolumnen und Artikel in Zeitschriften und Zeitungen? Auch die kann man nur verfassen, wenn man sich voll und ganz darauf konzentriert. Selbstdisziplin und Ehrgeiz braucht man ebenfalls, auch wenn die Geschichten in die Rubrik Unterhaltung fallen."

„Mir ist klar, dass Neugierde zur menschlichen Natur gehört, aber stört es dich nicht, ständig deine Nase in die Privatangelegenheiten anderer zu stecken?“

„Wo ziehst du die Grenze zwischen privat und öffentlich? Durch deine Wohltätigkeitsarbeit bist du zur öffentlichen Person geworden, genau wie durch die Scheidung.“

„Das Beispiel passt gut, denn genau dort ziehe ich die Grenze. Natürlich will ich, dass mein Anliegen, für einen guten Zweck zu sammeln, öffentlich gemacht wird. Aber meine Scheidung?“ Entnervt legte sie eine Hand an die Stirn, dann strich sie sich durchs Haar. „Wen geht es etwas an, was ich bei meinen Besuchen im Schönheitssalon habe machen lassen? Einer dieser Reporter hat sogar mit der Frau gesprochen, die bei mir das Waxing gemacht hat. Sie hat ihm nichts erzählt, aber was gibt ihm das Recht, überhaupt nach so etwas zu fragen?“

„Das Grundgesetz? Redefreiheit? Pressefreiheit? Seine Fragen gefallen dir vielleicht nicht, aber er hatte das Recht zu fragen.“

Nein, das gefiel ihr absolut nicht. „Gibt es überhaupt kein Gefühl für Ethik mehr? Gelten die früheren Spielregeln in Zeiten von YouTube und Internet-Blogs nicht mehr? Ich will nicht, dass in der Presse über meine Körperhygiene berichtet wird.“

„Moment mal. Ich kann mich nicht erinnern, dass die Pressefreiheit bezüglich persönlicher Hygiene eingeschränkt wurde.“

„Du bist nicht witzig.“

„Das will ich auch gar nicht sein. Du ziehst die Grenze da, wo es dir persönlich passt.“

„Die Medien kennen überhaupt keine Grenze mehr."

„Einige Journalisten schon."

„Und du? Gehörst du zu diesen Journalisten?"

Mit der Antwort ließ er sich mehr Zeit, als sie gedacht hätte. Miranda hätte gedacht, dass er sich und seine Arbeit so gut kannte, dass er diese Grenze jederzeit und in jeder Situation klar ziehen könnte.

„Ich war nicht immer so." Seine Stimme klang rau. „Nach meinem Studienabschluss wollte ich mit meiner journalistischen Arbeit den ganzen Planeten vor der globalen Erwärmung retten, die Welt von Armut, Hunger oder religiöser Unterdrückung befreien."

„Und was hat dich von diesem Weg abgebracht?"

„Ich hatte den Eindruck, dass es bei mir mit dem Durchbruch nicht klappt. Zugegeben, ich war ungeduldig. Ich wollte den Pulitzerpreis, und zwar sofort. Aber jedes Mal, wenn es irgendwo etwas Sensationelles gab, war ich gerade auf einem anderen Kontinent oder anderweitig verpflichtet. Immer zur falschen Zeit am falschen Ort. Was ich zu berichten hatte, wollte niemand lesen. Und dann kam Delano Wise."

„Der Country-Star? Del Wise? Du kennst ihn?" Als Caleb nickte, schnappte Miranda nach Luft. Sie erinnerte sich gut daran, wie der Sänger praktisch über Nacht berühmt geworden war. „Was hat Del Wise mit deinem beruflichen Werdegang zu tun?"

„Wir sind zusammen aufgewachsen, haben als Kinder im selben Verein Baseball gespielt, zusammen heimlich die erste Zigarette geraucht, das erste Bier getrunken und uns beide übergeben. Damals waren wir zwölf."

„Das ist nicht dein Ernst."

„Ich schwöre es. Als er später kurz vor dem Durchbruch stand, habe ich alle meine Verbindungen genutzt, um ihn in die Medien zu bringen. Je berühmter er wurde, desto stärker habe ich ihn unterstützt."

„Dann hat es mit Del angefangen, und jetzt bist du hier, um über Ravyn und Ted zu berichten. Du hast deinem Freund geholfen, indem du über ihn statt über die globale Erwärmung geschrieben hast."

„So ungefähr." Er trank einen Schluck und stellte das Glas weg.

„Muss aufregend sein, wenn man darüber entscheiden kann, wer Karriere macht und wer nicht, indem man über ihn schreibt oder es lässt."

„Alles Sensationelle verkauft sich gut. Und wenn man oft genug etwas schreibt, was mit Sex zu tun hat, bist du schlagartig die beste Quelle für alle neuen Gerüchte."

„Und wie hast du dich dabei gefühlt?"

„Ganz ehrlich? Großartig. Ich hatte es geschafft. Ich war ganz oben. Machtgefühl und alles, was dazugehört."

„Aber?"

„Wer sagt, dass da ein Aber ist?"

„Du selbst. Schließlich bist du ein Reporter, der klare Grenzen zieht."

„Das tue ich erst seit Kurzem, glaub mir. Vorher gab es diese Grenzen für mich auch nicht."

Darüber wollte sie gern Näheres erfahren. „Es ist nie zu spät für einen Neuanfang."

Er musste lächeln. „Klingt ein bisschen platt."

„Nein, klingt nach meiner Erfahrung." Sehr ernsthaft blickte sie ihm in die Augen.

Er senkte den Blick. „Tut mir leid, dass du all das durchmachen musstest."

„Wieso? So ein Neuanfang ist unglaublich spannend." Sie sagte es ohne jedes Zögern und ohne jeden Sarkasmus.

„Nein, ich meine, dass Dinge an die Öffentlichkeit gebracht wurden, die du lieber für dich behalten hättest." Es klang aus seinem Mund, als müsse er sich entschuldigen. Fast, als sei er verantwortlich für das, was sie erlebt hatte.

Oder für etwas Ähnliches.

„Tja, danke." Ihr Widerstand schmolz. „Aber ich bin mir sicher, du wärst nicht viel rücksichtsvoller gewesen, wenn du damals dabei gewesen wärst."

„Wie gesagt", er zuckte mit den Schultern, „immer zur falschen Zeit am falschen Ort."

„Dein Glück, denn dann würde ich mich nicht mit dir treffen. Und das wäre sehr schade, denn es würde mir fehlen."

„Mir auch." Lächelnd stand er auf und hielt ihr die Hand hin, um ihr hochzuhelfen. „Sehr sogar. Also: zu mir oder zu dir?"

Obwohl die Drinks aufs Haus gingen, legte Caleb ein üppiges Trinkgeld auf den Tisch, bevor er Miranda aus dem Club folgte. Alan, der, wie Caleb erfahren hatte, der Manager des Clubs war, hatte ihretwegen den Club noch länger geöffnet gelassen und erst geschlossen, als sie ihre Unterhaltung beendet hatten.

Mit dem Trinkgeld wollte Caleb ihm nicht die Zeit bezahlen. Eher wollte er seinen Dank dafür ausdrücken, dass Alan ihnen die Privatsphäre gelassen hatte. Damit hatte Caleb nicht gerechnet, zumal er jetzt die Frau kannte, die zu Hause auf Alan wartete.

Caleb folgte Miranda über die Bühne zu ihrer Garderobe, weil sie ihre Sachen holen wollte, bevor sie mit ihm auf sein Zimmer ging. Obwohl er es nachvollziehen konnte, gefiel ihm die Verzögerung überhaupt nicht.

Er wollte mit Miranda ins Bett. All diese Gefühle, die in ihm tobten, wollte er mit Sex verdrängen. Miranda brachte ihn dazu, über die Entscheidungen nachzudenken, die er in seinem Leben getroffen hatte. Sie ließ ihn zweifeln, ob diese Entscheidungen immer die richtigen gewesen waren, und er fragte sich, wieso er diesem Rausch der Macht nachgegeben und die Grenze überschritten hatte. Gefühle verunsicherten ihn. Da waren ihm Fakten lieber, denn die waren einfach. Gefühle dagegen waren verworren und machten alles kompliziert.

Andererseits hätte er, wenn er seine Gefühle nicht ignoriert hätte, wahrscheinlich auch nicht aufgehört, an die Leute zu denken, über die er schrieb. Wenn er nicht nur auf seinen Verstand, sondern auch auf sein Herz gehört hätte, wären Del und er vielleicht immer noch Freunde.

„Siehst du? Was habe ich dir gesagt? Diesen tollen Strauß hat Corinne zusammengestellt und mich keinen Blick darauf werfen lassen."

Auf ihrem Schminktisch stand genau der Strauß, den er zuvor am Nachmittag an der Rezeption gesehen hatte. „Sehr hübsch."

„Ja, das ist er." Sie streifte die Schuhe ab, wandte sich um und warf sich ihm in die Arme. „Noch mal vielen Dank dafür. Das wäre wirklich nicht nötig gewesen."

Glücklich zog er sie an sich und genoss es, sie in seinen Armen zu halten, seine Hände auf ihrem Rücken zu verschränken, ihre Brüste zu spüren. Wie mochte es sein, ihr immer so nah zu sein? „Können wir jetzt aufhören, über die Blumen zu sprechen?"

Sie zog sich etwas zurück, um ihm ins Gesicht zu sehen. „Worüber möchtest du denn reden?"

„Über gar nichts."

„Gar nichts?"

„Ich sehe mich eher als Mann der Tat."

„Bist du diesmal für jede Tat gewappnet?"

Wie ein Pfadfinder beim Schwur hielt er drei Finger hoch.

„Dann hör auf zu denken." Ihre grünen Augen strahlten. „Schreiten wir zur Tat."

Das brauchte sie Caleb nicht zweimal zu sagen.

Mit einem Arm hielt er sie umfasst, während er ihr mit der anderen Hand durchs kurze Haar strich. Mit ihrem echten Haar gefiel sie ihm tausendmal besser als mit der langen Perücke, die angeblich sexy und sinnlich wirken sollte. Für ihn konnte nichts die Wirklichkeit übertreffen.

Das war sein letzter zusammenhängender Gedanke, bevor er Miranda auf die Lippen küsste. Sie schmeckte nach Miranda und dem Cherrytini. Ihr Geschmack machte ihn süchtig. Jeden Tag wollte er sie schmecken. Alles an ihr war gut für ihn. Durch sie dachte er endlich bewusst darüber nach, was er tat und was er getan hatte.

Mit beiden Händen strich sie ihm über die Brust zu den Schultern. Verlangend drang sie mit der Zunge in seinen Mund ein, er konnte ihr Lächeln spüren, als sie das tat. Und er blickte ihr in die grün funkelnden Augen, bevor sie sie schloss. Ich stecke in Schwierigkeiten, schoss es ihm durch den Kopf, denn ich weiß nicht, ob ich die Willenskraft besitze, diese Frau zu verlassen.

Doch er schob den Gedanken beiseite und gab sich dem Drängen seines Körpers hin. Hier und jetzt mit ihr zusammen zu sein war alles, was zählte. Trotz der kurzen Zeit, die er sie kannte, bedeutete sie ihm unsagbar viel. Was könnte sich daraus alles entwickeln, wenn sie beide eine Chance bekämen?

Caleb ertastete den Reißverschluss an ihrem Rücken und zog ihn bis zur Taille hinunter, bevor er den Stoff weiter auseinanderzog, sodass ihr das Kleid bis auf die Hüften rutschte. Mit einer raschen Bewegung ließ sie es zu Boden gleiten und konzentrierte sich ganz darauf, Calebs Hemdknöpfe zu öffnen.

Am Gürtel angekommen, zerrte sie ihm voller

Ungeduld das Hemd aus der Hose. Hastig machte sie noch die Knöpfe an seinen Manschetten auf und streifte ihm das Hemd ab.

Schließlich stand sie in Slip und trägerlosem BH vor ihm, während er nur noch Boots und Jeans trug.

„Du siehst fantastisch aus." Sie betrachtete ihn ausgiebig und strich ihm über die Schultern und die Brust hinab bis zum muskulösen Bauch. „Weißt du das eigentlich?"

Fast hätte er vor Stolz den Bauch eingezogen und die Brust vorgereckt. „Das meinst du nur, weil du einen Martini zu viel getrunken hast."

„Überhaupt nicht." Lächelnd schüttelte sie den Kopf. In ihren Augen glitzerte es verräterisch. „Du hast einen perfekten Körper. Ich liebe es, dass deine Haare immer leicht zerzaust sind. Und meistens könntest du auch eine Rasur gebrauchen."

Unwillkürlich strich er sich über das Kinn. „Das liegt daran, dass du mich immer nur abends siehst, wenn mein Bart schon nachgewachsen ist."

„Mir gefällt es, genau wie deine Haare." Spielerisch küsste sie seine Brust und strich mit der Zungenspitze über eine seiner Brustwarzen. Als er kaum merklich zusammenzuckte, wiederholte sie das Ganze bei der anderen und rieb beide mit den Daumen.

Stöhnend schloss er kurz die Augen und strich an ihrem Rücken entlang, um den BH zu öffnen. Sobald das Kleidungsstück bei den anderen am Boden lag, reizte er ihre nackten Brüste mit den Lippen und streifte sich gleichzeitig die Jeans und die Boots ab.

Voller Ungeduld zog er sie mit sich, bis er die Bank vor ihrem Schminktisch in seinen Kniekehlen fühlte. Rittlings setzte er sich darauf, und Miranda glitt auf seinen Schoß. Sie spreizte die Beine und legte ihm leise lachend die Arme um den Nacken.

Langsam und aufmerksam betrachtete er ihr kurzes dunkles Haar, ihre Sommersprossen, die runden Brüste mit den dunkelroten Spitzen und ihren Schoß, der nur noch von einem winzigen roten Spitzenslip bedeckt war. „Wenn hier jemand fantastisch aussieht, Miranda, dann du. Du bist wunderschön."

Als Antwort legte sie das Kinn an seine Brust und erzitterte wohlig, als er ihren Nacken streichelte, ihre Schultern, ihre Kehle. Dann folgte er mit den Fingerspitzen den Konturen ihres Schlüsselbeins, bevor er wieder ihre Brüste umfasste.

Ohne den Blick zu heben, sagte sie: „Caleb, ich sehne mich so sehr nach dir, dass es schon wehtut. Und es ist nicht nur der Sex."

Er schluckte. Wie er ihr geben sollte, wonach sie sich sehnte, das konnte er nicht sagen. Langsam zog er sie dichter an sich und küsste sie innig, bis ihnen beiden schwindlig wurde.

Miranda konnte bereits seine Erektion hart zwischen ihren Beinen fühlen. Verführerisch strich sie an seinem Bauch hinab und schob seine Boxershorts nach unten, um sein Glied zu befreien. Dann reckte sie langsam die Hüften vor. „Einer von uns trägt zu viel Kleidung", stellte sie flüsternd fest. „Und ich glaube, das bin ich."

Caleb konnte ihr nur recht geben. Gleichzeitig wurde ihm klar, dass er selbst in diesem Moment eher zu wenig trug. „Meine Hose. Darin steckt meine Brieftasche. Mit den Kondomen."

Lässig fischte sie die Brieftasche aus seiner Hose, und er zog hastig ein Kondom daraus hervor. Sie riss ihm das Päckchen aus der Hand und hatte das Kondom schon ausgepackt, bevor er noch die Brieftasche hatte fallen lassen können.

Sobald sie es ihm in der ganzen Länge übergerollt hatte, drückte sie Caleb nach hinten, bis er mit dem Rücken flach auf der gepolsterten Bank lag. Er hatte kaum Platz, sich zu bewegen, aber Miranda schien das nicht zu stören. Sie erhob sich, zog den Slip aus und stellte sich mit gespreizten Beinen über ihn.

Dicht über seinen Schultern stützte sie sich auf die Bank und senkte sich aufreizend langsam auf ihn. Ihre Schamlippen benetzten seinen Penis mit ihrer feuchten Hitze, während sie ihn zwischen ihren Schenkeln entlanggleiten ließ. Schließlich senkte sie die Hüften weiter und nahm Caleb ganz in sich auf.

Sie stöhnte leise, als sie ihre kleine Perle an ihm rieb.

Caleb sah ihr dabei zu, wie sie die Augen schloss, den Mund vor Lust öffnete und sich aufgewühlt auf die Unterlippe biss. Und dann fing sie an, sich zu bewegen. Quälend langsam kreiste sie die Hüften, schob sie vor und zurück. Sie keuchte, während sie den Rücken durchdrückte und die Spannung zwischen ihnen sich immer mehr und mehr steigerte.

Unwillkürlich umfasste er ihre Unterarme und erwiderte ihre Bewegungen, hob die Hüften und spannte sich am ganzen Körper an.

Sein Herz raste, und seine Hände wurden feucht. Sein Atem ging keuchend.

Noch nie hatte er Sex so intensiv und irdisch empfunden. Er sah, wie Mirandas Brüste sich mit jedem Atemzug bewegten. Ihre Nippel waren knapp außer Reichweite seiner Lippen. Er wollte sie schmecken, sie lecken und beißen. Ihren ganzen Körper wollte er mit glühenden Küssen bedecken – ihre Brüste, ihre Schenkel. Jeden Zentimeter von ihr wollte er kennenlernen.

Selbst wenn er sein ganzes Leben Zeit hätte, er würde nie genug von ihr bekommen.

Stöhnend drückte sie das Kinn an seine Brust und presste die Lippen zusammen.

Caleb spürte, wie sich ihre Anspannung steigerte, wie sie sich fester um ihn schloss und zu zucken begann. Und dann kam sie, warf den Kopf nach hinten, schrie ungehemmt auf und erzitterte am ganzen Körper vor Lust. In diesem Moment war sie das Atemberaubendste, was Caleb je gesehen hatte. Sie war so wunderschön, dass auch er sich nicht mehr beherrschen konnte.

Mit beiden Händen umfasste er ihre Hüften, drang ein letztes Mal tief in sie ein und kam. Seine Brust schmerzte. Der Höhepunkt durchschoss ihn wie Feuer. Bis in sein Innerstes erfüllte ihn dieses Glühen, das eine kleine Ewigkeit anzudauern schien, bis es wieder erlosch. Und als es vorbei war, wusste er, dass nichts mehr so sein würde wie bisher.

Keuchend stand Miranda auf und setzte sich neben der Bank auf den Boden. „Ich liebe es, nach dem Sex zu kuscheln, aber ich fürchte, meine Beine niemals wieder bewegen zu können."

Lächelnd richtete er sich auf. „Meine Bauchmuskeln sind auch hinüber, da hilft bestimmt kein Krafttraining mehr."

Lachend zog sie sich sein Hemd über, als sei es ihr mit einem Mal unangenehm, nackt zu sein. „Lüg nicht. Ich sagte doch schon, dass dein Körper perfekt ist."

Jetzt lachte auch er und schüttelte den Kopf. Dann ging er ins Bad, um das Kondom zu entsorgen, und nahm seine Boxershorts mit.

Als er zurückkam, hatte er die Shorts angezogen. „Meinst du, wir könnten die Party in meinem Zimmer fortsetzen? Oder musst du nach Hause, um die Blumen zu gießen?"

Sie neigte den Kopf zur Seite und betrachtete ihn nachdenklich, während sie sich in den Schneidersitz setzte und die Hemdzipfel vor ihrem Schoß zusammenzog. „Keine Blumen, keine Haustiere. Nicht mal der Herd muss geputzt werden. Allerdings müssten wir vorher noch einen kleinen Abstecher in die Hotelküche machen, denn ich komme um vor Hunger."

Caleb ließ sich auf die Bank sinken und zog sich Socken und Jeans an. „Ich gehe schon, bleib ruhig hier. Earnesto hat mich neulich mit dir gesehen, ich sage ihm einfach, dass du mich schickst."

„Das würdest du tun?" Sie klang unsicher, als wisse sie nicht recht, was sie von diesem fürsorglichen Angebot halten sollte.

Ihm fiel es genauso schwer, mit der vertraulichen Atmosphäre umzugehen. „Warum nicht? Erst die Show, dann die Drinks und der Sex. Zumindest zur Hälfte bin ich schuld an deinem Hunger."

Den Gefühlen, die er in diesem Moment aus ihrem Blick las, ging er lieber aus dem Weg, indem er sich weiter anzog und die Brieftasche wieder einsteckte.

Anstatt ihm das Hemd zu geben, spielte sie jedoch mit den Zipfeln und gewährte ihm dadurch immer wieder einen kurzen Blick zwischen ihre Schenkel.

Sofort spürte er neue Erregung in sich aufsteigen.

„Sei vorsichtig, sonst bilde ich mir noch ein, dass ich dir etwas bedeute."

Das war allerdings sein größtes Problem. Ja, sie bedeutete ihm etwas, doch das wollte er ihr nicht eingestehen. Es sich selbst gegenüber zuzugeben, das war schwer genug.

Lächelnd half er ihr auf die Füße. „Mir liegt daran, dass du satt wirst und dann ins Bett kommst. Warum belassen wir es nicht dabei?"

10. KAPITEL

Miranda wollte sich nicht bewegen. Ihr war warm, sie war vollkommen entspannt, und Caleb lag hinter ihr, einen Arm um sie geschlungen, die Knie unter ihrem Po. Am Hinterkopf spürte sie seinen Atem.

Seine Atemzüge strichen ihr dicht über dem Ohr durchs Haar. Es kitzelte, doch sie rührte sich nicht. War sie während ihrer Ehe jemals nach dem Sex mitten in der Nacht aufgewacht, mit dem Gefühl, dass ihr Leben perfekt war?

Das lag nicht nur am Sex, sondern noch an vielem anderen. Doch diese anderen Gründe machten ihr Angst.

Wenn sie die Beziehung mit Caleb ausbauen wollte, musste sie ihm gegenüber vollkommen ehrlich sein, denn er bedeutete ihr bereits unsagbar viel.

Niemals hätte sie geglaubt, einem Vertreter der Presse freiwillig auch nur zu sagen, wie spät es war. Und jetzt hatte sie einem Journalisten nicht nur ihren Körper, sondern auch ihr Herz geschenkt. Das alles ging viel zu schnell, aber seit wann hielt die Liebe sich an einen Zeitplan?

Sie schluckte. Das konnte doch nicht Liebe sein! Selbst wenn ihr Herz vor Aufregung wie wild schlug. Liebe erwuchs aus Zuneigung, Freundschaft und gegenseitigem Respekt. Nicht aus heißem Sex im Schlafzimmer, in Hotelzimmern oder Räumen, in denen es nur eine Bank oder den Fußboden gab.

Aber noch während sie darüber nachdachte, erkannte sie, dass Caleb und sie viel mehr geteilt hatten. Obwohl sie Caleb kaum kannte, hatte sie ihm bereits mehr über ihre Gefühle bezüglich ihrer Vergangenheit verraten als Patrice oder Corinne.

Gestern Abend war er mit den leckersten Sandwiches ihres Lebens aus der Küche zurückgekommen. Sogar an die Bagel-Chips und die Käsecreme hatte er gedacht.

Wann war außer ihren engsten Freunden jemals jemand so umsichtig mit ihr umgegangen? Und wann hatte sie sich das letzte Mal ernsthaft gefragt, ob es richtig von ihr war, die bedrückende Vergangenheit zu verdrängen, anstatt sich ihr zu stellen und diese Phase ihres Lebens zu akzeptieren? Vielleicht war jetzt der Zeitpunkt, an dem sie das ewige Versteckspiel beenden sollte.

Zugegeben, Caleb hielt an seinen Überzeugungen fest, doch das tat sie auch. Selbst wenn er anderer Meinung war als sie, zog er ihre Ansichten nicht ins Lächerliche. Er ließ sie so sein, wie sie war. Und offenbar mochte er sie auch genau so.

Ihr Exmann hatte ständig versucht, sie zu verändern, sie immer mehr seinem Ideal einer Ehefrau anzupassen. Caleb hingegen teilte vermutlich nicht ihre Vorstellungen vom Leben, ja, vielleicht mochte er nicht einmal dieselben Bücher oder Filme wie sie, doch er hatte noch mit keinem Wort und keiner Geste angedeutet, sie solle sich ändern.

Er hatte nicht mal versucht, den Grund herauszufinden, wieso sie sich hier versteckt hielt. Dieser

Punkt gab ihr am meisten zu denken. Warum bedrängte er sie nicht mit Fragen? Wieso versuchte er nicht, mehr herauszufinden? Miranda war froh, dass er es nicht tat, obwohl das eigentlich seine Aufgabe als Reporter war. Wollte er sie beschützen? Respektierte er die Grenzen, die sie gezogen hatte? Konnte er seine eigene Neugier im Zaum halten?

Miranda wollte nicht länger darüber nachgrübeln. Sie musste aufstehen. Wegen des Kitzelns über dem Ohr konnte sie sowieso nicht mehr einschlafen, und außerdem musste sie ins Bad.

Vorsichtig löste sie sich aus seiner Umarmung, schnappte sich ihren Slip und Calebs Hemd und schlich damit ins Bad. Als ihr kalt wurde, beschloss sie, sich nicht nur das Gesicht zu waschen und die Zähne zu putzen, sondern zu duschen.

Vielleicht wachte Caleb dadurch auf, aber bestimmt wollte er sich ohnehin von ihr verabschieden, also hatte Miranda kein allzu schlechtes Gewissen. Gut möglich, dass er zu ihr in die Dusche kam, ihr den Rücken einseifte und …

Als dann tatsächlich der Duschvorhang zurückgezogen wurde, erschrak sie und fuhr herum. Während sie zusah, wie der verschlafene Caleb zu ihr in die Dusche stieg, lief ihr Shampoo in die Augen.

„Aua!“ Sie hob das Gesicht in den Wasserstrahl und konnte deshalb die Augen nicht öffnen, als Caleb von hinten die Arme um sie schlang und sie in den Nacken küsste.

Lachend löste sie sich von ihm und wischte sich

über das Gesicht. „Pass auf, sonst bekommst du Schaum in den Mund."

Auch er musste lachen, richtete den Wasserstrahl auf seinen Kopf und prustete den Schaum aus. Dann ließ er das Wasser gleich auf sich gerichtet.

Jetzt musste Miranda sich zu ihm umdrehen. Wie wunderbar, dass er hier bei ihr war. Miranda schmiegte sich an ihn, damit ihr nicht kalt wurde. „Ich wollte dich nicht wecken", sagte sie. „Zuerst jedenfalls nicht."

Genießerisch strich er ihr über den Rücken. „Und was hat deine Meinung geändert?"

Sie zitterte. Nein, sie wollte nicht von hier fort und zur Arbeit fahren. „Ich brauchte jemanden, der mir den Rücken wäscht."

„Verstehe."

„Glaubst du mir etwa nicht?" Mit jedem Atemzug sog sie seinen Duft ein. Genießerisch strich sie ihm über die Brust.

„Und wer tut das sonst? Wenn du zu Hause bist?"

„Niemand."

„Dann wird der niemals gewaschen?" Er ließ seine Finger forschend über ihren Körper wandern.

Warmes Wasser und ein Mann mit warmem Körper und warmen Händen. Miranda wollte die Dusche nie wieder verlassen. „Ich habe schon überlegt, ob ich einen Rückenwäscher einstellen soll."

„Findet man die hier in den Bergen?"

„Höchstens Skilehrer, die einen Nebenjob suchen."

„Wenn du willst, helfe ich dir beim Aufsetzen einer Zeitungsanzeige."

„Toll. Hätte nie gedacht, wie nützlich es sein kann, einen Reporter zu kennen."

„Reporter sind für viel mehr zu gebrauchen, als du denkst."

Die nächste halbe Stunde verbrachte er damit, ihr zu beweisen, wie nützlich er war.

Als sie beide wieder zu Atem gekommen waren und sich abgetrocknet hatten, fragte er: „Und was hast du heute vor?"

Miranda kämmte sich das Haar. Im Spiegel sah sie ihn an. „Samstags arbeite ich allein, damit Corinne sich um Zoe kümmern kann. Heute Abend gehen sie beide zur Hochzeit, die ich leider wegen meiner Show versäumen werde. Aber Corinne wird mir sicher jedes Detail berichten."

Stirnrunzelnd erwiderte er ihren Blick. „Sie haben sich versöhnt?"

„Wer?"

„Corinne und Brenna."

Sie nickte und wollte nach dem Fön greifen, doch dann stutzte sie bei Calebs Blick. „Das war gestern kurz vor Ladenschluss. Zoe kam hereingestürmt. Sie war vorher im Hotel gewesen und hat Brenna einfach mitgebracht."

„Das muss nach meinem Gespräch mit den beiden gewesen sein."

„Du hast mit Brenna und Zoe gesprochen?" Natürlich hatte er mit Brenna gesprochen. Aber mit Zoe? Sie hatte gar nicht gewusst, dass Caleb auch die jüngere der beiden Schwestern getroffen hatte. Hatten sie sich unterhalten, bevor oder nachdem Corinne die Blumen angeliefert hatte? „Worüber?“

Er zuckte mit den Schultern. „Beruflich. Hintergrundinfos über die Hochzeit, Kleinigkeiten, die die Leser interessieren.“

Sie verkniff sich die Frage, was das für Kleinigkeiten sein könnten. „Haben sie dir gesagt, dass sie zu Corinne fahren wollen?“

„Nein. Mir haben sie nur gesagt, dass sie in Brennas Zimmer gehen wollten, um sich in aller Ruhe zu unterhalten.“

Miranda blickte nach unten und spielte mit den Einstellungen am Fön. „Corinne hat Brenna gestern Blumen geschickt, die erste Versöhnungsgeste von ihr in all den Jahren.“

„Es hat Brenna zu ihr geführt. Offenbar hat es geklappt.“

„Corinne hat geweint, und dann haben sich alle drei weinend in den Armen gelegen.“ Gerührt lächelte Miranda, als sie daran dachte, wie die drei im Hinterzimmer des Geschäfts eng umschlungen auf die Knie gesunken waren. Sie hatte sich wie ein Eindringling gefühlt, und weil sie gewusst hatte, dass Corinne immer ihre Schlüssel bei sich hatte, war sie gegangen. „Ich hatte schon bezweifelt, dass sie sich jemals versöhnen würden.“

„Zoe hat mir erzählt, was Brenna getan hat. So etwas verkraftet eine Mutter sicher nicht leicht.“

„Stimmt, aber die Zeit heilt wirklich alle Wunden.“

Caleb atmete tief durch und straffte die Schultern.

„Wenn du heute arbeitest, was tust du dann morgen?" Um die Hüften hatte er sich ein Handtuch geknotet.

Miranda konnte sich nicht sattsehen an ihm und vergaß fast zu antworten. „Da der Blumenladen geschlossen ist, werde ich wie üblich einkaufen und sauber machen."

„Das kann doch bestimmt warten."

Tadelnd schüttelte sie den Kopf, während sie sich das Gesicht mit Feuchtigkeitscreme einrieb, die sie aus ihrer Garderobe mitgenommen hatte.

„Pack lieber eine Tasche und bring sie heute Abend mit."

„Wo wollen wir denn hin?" Im Spiegel sah sie ihm in die Augen.

„Weg. Ich werde etwas arrangieren."

Allein beim Gedanken, dass er sie irgendwohin entführte, fingen ihre Hände zu zittern an. „Und was wird aus der Hochzeit?"

„Dort bin ich fertig, sobald deine Show zu Ende ist."

„Und was soll ich einpacken?"

„Irgendwas Bequemes."

„Für draußen oder drinnen?"

„Einen Schneeanzug brauchst du nicht, aber eine Jacke wäre nicht schlecht."

„Wird das ein richtiges Date? Oder ein Caleb-McGregor-Date?"

„Ein richtiges Caleb-McGregor-Date. Was hältst du davon?"

„Klingt perfekt! Ich liebe ... es." Im letzten Moment konnte sie sich noch bremsen. „Seit Ewigkeiten bin ich nicht mehr aus Mistletoe rausgekommen. Ich bin jetzt schon aufgeregt. Du verwöhnst mich. Erst die Blumen, dann die Beköstigung mitten in der Nacht und jetzt ein Date." Sie griff nach der Zahnbürste. „Pass bloß auf, sonst erwarte ich, immer so behandelt zu werden."

„Lieber nicht."

Sie schluckte. Wie meinte er das? „Ich soll es nicht erwarten?"

„Nicht von mir." Er wich ihrem Blick nicht aus. „Am Montag geht mein Rückflug."

Ihre Kehle fühlte sich wie zugeschnürt an. Nur mühsam konnte sie sprechen. „Zum nächsten Auftrag?"

Er schüttelte den Kopf. „Nach Hause. Nach Baltimore. Ich schätze, es wird Zeit, dass ich mal nach meiner Post sehe, den Kühlschrank sauber mache und die Essensreste entsorge, die ich vor meinem Abflug dort hineingestellt habe. Ich werde das Apartment gründlich lüften, und dann werde ich weiter an meinem Buch arbeiten."

Schlagartig bekam sie kaum noch einen Ton heraus. Sie setzte sich auf den Toilettendeckel. Ihre Welt geriet gerade ins Wanken. „Du lebst in Baltimore?"

Caleb nickte. „Seit ungefähr fünf Jahren. Wieso?"

„Ach, nur so." Vor sieben Jahren war sie dort auf jeder Wohltätigkeitsveranstaltung gewesen, vor sechs Jahren war dort ihr Ehemann verhaftet worden, und vor fünf Jahren hatte sie dort, während der Prozess noch lief, die Scheidung beantragt.

War es tatsächlich möglich, dass Caleb sie nicht erkannte?

Miranda sprang auf, putzte sich schnell die Zähne und packte ihre Waschutensilien zusammen. „Ich muss hier raus."

„Was hast du denn?"

„Nichts. Aber wenn ich noch vor der Arbeit meine Sachen packen will, dann muss ich schnell los." Ihr war klar, dass es der größte Fehler wäre, heute Abend nach der Show mit ihm zu gehen.

Immer wieder hatte sie sich ihm gegenüber geöffnet und ihm Dinge aus ihrer Vergangenheit verraten, mit deren Hilfe er problemlos auch den ganzen Rest über sie erfahren konnte.

Dass er diese Nachforschungen bisher nicht angestellt hatte, wunderte sie, aber früher oder später würde er herausfinden, was sie ihm am besten selbst sagte: dass sie die ehemalige Mrs. E. Marshall Gordon war.

Kurz nachdem Miranda gegangen war, stieß Caleb mit seinem Plan, den Tag mit den Vorbereitungen für die Hochzeit am Abend zu verbringen, auf Schwierigkeiten. Er konnte sich kaum auf die Aufnahmen seines Interviews mit Brenna Sparks konzentrieren, weil er ständig an Miranda dachte.

Überall in seinem Zimmer roch er ihren Duft.

Er hatte sich Frühstück aufs Zimmer bestellt, in der Hoffnung, dass der Geruch von Kaffee, Speck und von dem Ahornsirup, den er sich über die Pfannkuchen goss, jeden anderen Duft überdecken würde.

Es hatte nicht funktioniert.

Selbst nachdem er vom Zimmermädchen das Zimmer hatte reinigen lassen, konnte er Mirandas Duft noch wahrnehmen.

Wann immer er sich umwandte, um seine Aufzeichnungen von Brennas Interview durchzusehen, oder auf und ab lief und sich das Gespräch mit den Schwestern anhörte, bekam er Mirandas Duft in die Nase, der ihn an Sonne, Blumen und Wärme erinnerte. Dann konnte er nur noch an sie denken und an das, was sie in ihm auslöste.

Seine Gefühle für sie waren so stark, dass er bislang noch nichts unternommen hatte, um ihre wahre Identität herauszufinden. Sie hatte ihm gesagt, sie werde es ihm erzählen, wenn die Zeit dafür reif sei, und seltsamerweise genügte ihm das. Er wartete einfach ab, dass sie sich ihm öffnete. Genau so kam es ihm richtig vor. Schließlich war es ihr Leben.

Merkwürdig, dachte er. Noch nie ist mir wichtig gewesen, ob sich etwas richtig oder falsch anfühlt. Immer ist es mir nur um die Story gegangen. *Seit ich meinen allerersten kleinen Artikel in der Zeitung gelesen habe, gab es für mich nichts Wichtigeres als den Job.* Rücksichtslos hatte er alles andere untergeordnet, selbst persönliche Beziehungen und Freundschaften.

Caleb lief in seinem Zimmer auf und ab und versuchte mit aller Kraft, sich auf Brenna zu konzentrieren. Ihre Schwester Zoe hatte ihm erzählt, warum Corinne sich von Brenna abgewandt hatte. Wusste

Miranda davon? Hatte Corinne ihr von ihrer verlogenen Tochter erzählt?

Für Zoe war diese Situation sicher unerträglich. Sie stand zwischen ihrer Mutter und ihrer älteren Schwester. Diese besondere Verbindung zwischen Corinne, Brenna und Zoe war ein Aspekt, den er unbedingt in seinen Artikel mit einbringen musste.

Vielleicht sollte er früher als geplant in die Hochzeitskapelle gehen, um mitzuerleben, wie die drei ihr Wiedersehen feierten.

Er klappte sein Laptop zu, schloss es zusammen mit seinen Notizen und dem Recorder ein und beeilte sich mit dem Anziehen, um rechtzeitig mit seiner Audio- und Videoausrüstung in die Kapelle zu kommen.

Gerade als er die Transportkisten durch die Hotelhalle hinter sich herzog, entdeckte er Alan Price, der in dem Moment das Hotel betrat. Er rief seinen Namen und kam ihm auf halbem Weg entgegen.

„Entschuldigen Sie, ich brauche ein Auto. Können Sie mir sagen, wie und wo ich hier eines mieten kann?“

„Hier in Mistletoe?“ Bedauernd schüttelte Alan den Kopf. „Das müsste Ihnen eine der großen Verleihfirmen anliefern.“

„Das hatte ich befürchtet.“

Alan strich sich das blonde Haar aus der Stirn und wuchtete den Rucksack, den er bei sich trug, auf die andere Schulter. „Können Sie Barry nicht bitten, Sie zu fahren?“

Nur wenn es sich nicht umgehen lässt, dachte Caleb. „Ich will mit Miranda heute Abend nach Golden fahren. Da hätte ich Barry nur ungern dabei."

Lachend stellte Alan sich vor, wie das die Gerüchteküche im Ort anheizen würde. Dann wurde er ernst. „Halten Sie das für eine gute Idee?"

Mit so einer Reaktion hatte Caleb gerechnet. „Mit ihr die Stadt zu verlassen?"

„Hoffnungen in ihr zu wecken."

Tat er das wirklich? „Ich habe ihr nicht mehr als ein Date versprochen. Sicher ist es schon geraume Zeit her, dass jemand sie zum Dinner oder ins Kino eingeladen hat. Es ist ja nicht so, dass ich hier länger bleibe."

„Haben Sie ihr gesagt, wann Sie abreisen?"

Caleb nickte. „Am Montag fliege ich, das weiß sie."

„Und das ist für sie okay?" Alan wirkte teils besorgt, teils neugierig.

„Wieso denn nicht?" Erst jetzt fiel Caleb ein, dass sie darauf eigentlich gar nicht reagiert hatte, abgesehen davon, dass sie sich auf den Toilettendeckel gesetzt hatte. „Mir gefällt, dass Sie sich um sie sorgen, aber ich glaube, Miranda weiß sehr genau, was sie will."

„Und mit wem."

„Genau. Das auch."

Lange blickte Alan ihm prüfend in die Augen. „Hier." Er warf ihm einen Schlüsselbund zu. „Es ist ein hellblauer Toyota. Ich werde Patrice anrufen, damit sie mich abholt, wenn der Club schließt."

„Im Ernst?“ Caleb hielt die Schlüssel hoch.

„Hauptsache, Sie machen ihr keinen Kummer.“ Wie zur Warnung packte Alan ihn hart an der Schulter.

Caleb war sich nicht sicher, ob er dieses Versprechen halten konnte, also ging er lieber nicht darauf ein. „Danke, dass Sie mir Ihren Wagen leihen.“

11. KAPITEL

Nach ihrer Scheidung von Marshall hatte Miranda sich nur wenige Male mit einem Mann verabredet. Da sie außerdem keinen Schritt hatte unternehmen können, ohne dabei von Paparazzi fotografiert zu werden, hatten diese Dates sich darauf beschränkt, dass sie bei sich zu Hause etwas gekocht hatte. Oder sie hatte noch andere Freunde dazugeladen, und sie waren als Gruppe ausgegangen.

Schließlich war sie nach Mistletoe gezogen, und in den fünf Jahren, die sie hier lebte, hatte sie kein einziges Date gehabt. Sie war auch keinem Mann begegnet, mit dem sie gern ausgegangen wäre. Doch dann hatte sie Caleb McGregor im Club Crimson unter donnerndem Applaus des Publikums leidenschaftlich geküsst.

Am Samstag hatte er sie vom Blumengeschäft abgeholt, und gemeinsam waren sie nach Golden gefahren und in einem Hotel abgestiegen, von dem aus man zu Fuß bequem shoppen, essen gehen und Galerien besuchen konnte.

Leider hatten sie nur diesen einen Tag Zeit.

Weit nach Mitternacht waren sie in ihrem Hotel angekommen. Zum Glück hatte Caleb bei der Rezeption angerufen und angekündigt, dass sie erst spät kämen. Sie waren ins Bett gefallen, hatten sich aneinandergekuschelt und waren in ihrer Unterwäsche eingeschlafen. Und im ersten Sonnenlicht, das das Hotelzimmer in warmes Licht getaucht hatte, hatten sie dann miteinander geschlafen, langsam und genießerisch.

Ihr Frühstück war ebenso wundervoll gewesen. In einem kleinen Restaurant an der nächsten Straßenecke hatten sie sich lachend und von vielen Küssen unterbrochen über heiße Waffeln hergemacht, üppig mit Beeren, Schokolade, Sahne und Sirup verziert. Dazu gab es auch noch köstlichen Kaffee.

Da es Sonntag war, hatten nur wenige der Geschäfte geöffnet, und so schlenderten sie die meiste Zeit über von Schaufenster zu Schaufenster.

Bei einem Juwelier entdeckte sie ein Halsband mit einer schwarzen Akoya-Perle, in das sie sich auf den ersten Blick verliebte, und in einer Boutique, in die sie Caleb zerren musste, kaufte sie sich einen Strickpullover aus elfenbeinfarbener Kaschmirwolle.

Caleb dagegen zerrte sie in ein Schreibwarengeschäft, wo er einen seltenen Füllfederhalter fand, der mit Zeichnungen von Moby Dick verziert war. Den kaufte er für sich, und Miranda schenkte er den dazu passenden Kugelschreiber.

Ein so teures Geschenk wollte sie zunächst nicht annehmen und erklärte, sie werde immer, wenn sie den Stift in die Hand nahm, an Caleb denken und traurig werden. Letztlich akzeptierte sie das Geschenk doch, weil es sie an ihre gemeinsame Woche erinnern würde.

Obwohl vieles zwischen ihnen ungeklärt war und dies sicher so bleiben würde, war Miranda froh, sich die Zeit mit Caleb gegönnt zu haben. Diesen kleinen

Ausbruch aus ihrem Alltag hatte sie gebraucht.

Sie war verliebt.

Über die Gefühle für ihn, die sich so rasend schnell vertieften, hatte Miranda lange nachgedacht. Konnte sie sich darauf verlassen? War diese Liebe echt? Ihr war selbst klar, dass ihre Empfindungen durch den Rausch des Moments getragen waren. Natürlich war das aufregend, und nachts konnte sie deswegen kaum noch schlafen.

Doch Miranda verlor deswegen nicht den Blick für die Realität.

Was damals über ihr Leben mit Marshall gedruckt worden war, gehörte in eine andere Welt. Die anschließende Ernüchterung mit all den Demütigungen hatte sie dazu gebracht, immer sehr sorgfältig darauf zu achten, nichts zu tun oder zu sagen, was ihr mittlerweile sicheres, wenn auch manchmal einsames Leben gefährden konnte.

Andererseits war ihr sehr wohl bewusst: Wenn das, was zwischen Caleb und ihr entstanden war, weiter wachsen sollte, musste sie ihm verraten, wer sie war.

Als sie sich in ein Restaurant setzten, beschloss sie, dass jetzt der Zeitpunkt gekommen war. Nach dieser Mahlzeit würden sie wieder zurückfahren, und Miranda wollte diese Unterhaltung weder im dunklen Auto noch später im Bett führen.

Die Ecke des gemütlichen Restaurants, in der sie saßen, bot genügend Abgeschiedenheit.

Sie griff nach der Margarita, die der Kellner ihr gerade serviert hatte, und sobald Caleb auch sein Bier hatte, atmete Miranda tief durch, sammelte ihren Mut und fing an.

„Habe ich dir erzählt, dass ich hier in Mistletoe geboren bin? An der Business School in Colorado habe ich einen Abschluss in Marketing gemacht. Übrigens haben meine Eltern beide an genau dieser Hochschule gearbeitet, bis sie sich in Arizona zur Ruhe gesetzt haben."

„Aber du hast vor deinem Umzug nach Colorado in einem anderen Bundesstaat gelebt?"

„Das stimmt." Sie atmete tief durch. „Nach meinem Abschluss habe ich bei einer Werbeagentur an der Ostküste angefangen. In Baltimore."

Abrupt blickte Caleb von der Speisekarte hoch. Er hatte gerade genüsslich von seinem Bier getrunken, aber mit den letzten beiden Worten hatte Miranda schlagartig seine volle Aufmerksamkeit. „Du hast in Baltimore gelebt, bevor du wieder hierhergezogen bist?"

Sie nickte. „Und du warst auch dort, als ich dort wegzog." Angespannt trank sie einen Schluck. Sicher würde sie während dieses Essens noch mehr zu trinken brauchen. Ihr Magen fühlte sich hart wie ein Stein an, und sie hatte Angst. Jetzt würde sie ihr Sicherheitsnetz für einen Mann wegwerfen, der nie versprochen hatte, sie aufzufangen.

Im selben Moment ließ Caleb sich nach hinten gegen die Stuhllehne sinken. Fast geschockt sah er Miranda an, weil bei ihm der Groschen fiel. „Gordon! Du warst mit E. Marshall Gordon verheiratet! Du warst Miranda Gordon!"

Genau, wie sie es vermutet hatte. Er kannte sie. „Willst du es vielleicht noch einmal aussprechen, nur um ganz sicher zu sein?"

„Oh, da bin ich mir vollkommen sicher." Caleb konnte es kaum fassen. „Schon am ersten Abend im Club Crimson war ich mir sicher, dich irgendwo schon mal gesehen zu haben, aber ich konnte dich nicht einordnen. Du … hast mich zu sehr abgelenkt."

„Auf eine angenehme Weise, hoffe ich." In Gedanken versunken strich sie am Stiel ihres Glases entlang.

„Wenn man bedenkt, dass ich mich bis dahin noch nie habe ablenken lassen …"

„Das nehme ich mal als Ja." Sie merkte ihm die Verwirrung an. Flüchtig lächelte er ihr zu, doch dann war er in Gedanken bereits wieder weit von ihr entfernt. „Caleb?"

Er riss sich zusammen und griff nach seinem Bier. „Tut mir leid, ich war …"

„In Gedanken versunken? Hast du gerade überlegt, was für eine Story du daraus machen könntest, mich hier entdeckt zu haben? Zumal Marshall jetzt wieder vor Gericht muss."

„Ich habe tatsächlich gehört, dass man versucht, dich aufzuspüren."

Unwillkürlich zog sie ihr Glas zu sich. „Ich weiß. Ich hatte mir schon gedacht, dass du auf den Gedanken kommen könntest, bei deiner Zeitung anzurufen, aber ich hoffe, du hörst dir wenigstens erst die ganze Geschichte an."

Er wartete mit einer Erwiderung, weil gerade vier

andere Gäste lachend an ihrem Tisch vorbeigingen. „Bevor ich mein Handy zücke und meinem Redakteur eine E-Mail schicke?“

Sie nickte. „Oder bevor du in Gedanken schon die Schlagzeile schreibst.“

„Heißt das, du willst mir noch mehr sagen? Ich weiß bereits eine ganze Menge, und ich bin ziemlich gut darin, aus einzelnen Informationsbrocken eine Story zusammenzuschreiben.“

Nachdenklich musterte sie ihn. „Eine reißerische Story, über die die Leute noch lange reden?“

„So was in der Art.“ Er wich ihrem Blick aus.

Bei seiner Reaktion fragte sie sich, ob auch er etwas vor ihr verbarg. „Und? Was möchtest du von mir wissen?“

Stirnrunzelnd sah er sie an. „Alles, aber ich dachte, du willst nicht, dass ich herumschnüffle.“

„Will ich auch nicht. Doch jetzt erzähle ich es dir freiwillig.“

Der Kellner kam, um die Bestellungen aufzunehmen.

Miranda entschied sich für einen gemischten Salat, Caleb ließ sich einen Burger mit Pommes frites kommen.

Sobald sie wieder ungestört waren, blickten sie sich über den Tisch hinweg an und fühlten sich mit einem Mal weiter voneinander entfernt als je zuvor.

Caleb sprach als Erster. „Willst du tatsächlich darüber reden? Mir kommt es vor, als hättest du die ganze Geschichte noch überhaupt nicht verdaut. Ich habe ein bisschen Angst, dass die alten Wunden wieder zu bluten anfangen, sobald ich dir Fragen stelle."

„Lächerlich." Wie kam er bloß darauf? „Über all das bin ich längst hinweg. Das ist Schnee von gestern."

„Nur weil du in einen anderen Bundesstaat ziehst, lässt du nicht alles zurück. Du schleppst deine Vergangenheit immer noch mit dir herum, Miranda, und deshalb hasst du meinen Job. Deswegen versteckst du dich hinter dem Pseudonym Candy Cane. Das alles ist Teil von dir. So bist du eben, und ich habe erkannt, dass ich ..." Er unterbrach sich und trank von seinem Bier.

Miranda wusste nicht, wie sie reagieren sollte. Der Kellner servierte ihnen frische Getränke, und sie nutzte die Pause, um darüber nachzudenken, was Caleb wohl gerade eben hatte sagen wollen. Dass er sie liebte? Dass er ihre Gesellschaft genoss? Oder dass er aus Mistletoe fortwollte, bevor er sich zu sehr auf sie einließ?

Sicher nichts davon. Oder doch? „Was hast du erkannt?"

„Deshalb habe ich bislang nicht ernsthaft versucht, herauszufinden, wer du bist. Mir gefällt die Frau, die vor mir sitzt. Du hast gesagt, du würdest es mir erzählen, wenn der Zeitpunkt richtig ist. Und jetzt ..." Er griff nach den Bierdeckeln auf dem Tisch und mischte sie wie ein Kartenspiel.

„Und jetzt würdest du dir wünschen, ich hätte es dir gar nicht erzählt?"

„Im Grunde … ja.“ Er wich ihrem Blick aus. „Dass ich dich so sehr mag, ändert nichts an der Tatsache, dass ich ein Sensationsreporter bin.“

„Und da Miranda Gordon gerade wieder im Gespräch ist …“ Sie trank einen Schluck und leckte sich über die Lippen. „Ich bin eine öffentliche Person und dadurch einen Artikel wert. Jetzt musst du entscheiden, was du tun sollst.“

„Wie soll ich mich deiner Meinung nach denn verhalten? Du hast mir die Wahrheit doch aus irgendeinem Grund verraten. Dir musste doch klar sein, was ich mit dieser Information anstellen kann.“

„Ja, ich habe mich tatsächlich gefragt, wie du wohl reagieren würdest. Ob du gleich losstürzen würdest, weil du dringend telefonieren musst, um die nächste Deadline nicht zu verpassen.“

„Und? Ein anderes Szenario konntest du dir nicht vorstellen?“

„Was, zum Beispiel?“

„Kam dir auch die Möglichkeit in den Sinn, dass ich deinen Wunsch nach Privatsphäre respektieren könnte, wenn du mir etwas im Vertrauen erzählst?“

Würde er ihr das versprechen, wenn sie ihn darum bitten würde? „Eher nicht. Leute wie dich kenne ich. Natürlich riskiere ich, dass die Information durchsickert.“

„Würdest du dann Mistletoe verlassen und irgendwo anders ein neues Leben aufbauen?“

Diesmal brauchte sie nicht lange nachzudenken. „Nein, ich bleibe hier bei meinen Freunden, meinem

Geschäft und meiner Bühne für Candy Cane. Hier führe ich ein wunderbares Leben."

„Und wenn Miranda Gordons Foto in der Zeitung neben dem von Candy Cane erscheinen würde?"

Sie wartete mit der Antwort, bis der Kellner ihnen die Gerichte serviert hatte. Dann griff sie nach der Gabel. „Damit würde ich auch fertig. Mit ein bisschen Glück werden mich die Leute danach immer noch anrufen, wenn sie Blumen haben möchten. Und wenn nicht ... darüber würde ich mir dann den Kopf zerbrechen. Ehrlich gesagt würde ich mir eher Sorgen um Corinne machen."

Er biss von seinem Burger ab, kaute und schluckte. „Wieso das?"

Sie musste sich beherrschen, um weiterhin ganz ruhig zu bleiben. „Dir ist immer noch nicht ganz klar, dass du mit diesen Artikeln mehr Menschen schadest als nur denen, über die du schreibst."

Obwohl er nickte, war an seinen angespannten Lippen deutlich zu erkennen, dass er in diesem Punkt mit ihr nicht einer Meinung war. „Wenn ich schreibe, dass du in Mistletoe lebst, schade ich deinem Geschäft, und darunter leidet Corinne dann auch. Meinst du das?"

So ungefähr, aber Miranda wollte es ihm noch deutlicher machen. „Was, wenn ich gezwungen wäre, das Geschäft zu schließen? Dann müsste Corinne sich einen anderen Job suchen, es hätte vielleicht Auswirkungen auf Zoes Stipendium, besonders, wenn die beiden wegziehen müssten, damit Corinne wieder eine Stellung findet. In Mistletoe gibt es nicht gerade viele Arbeitsplätze."

„Was würdest du tun, wenn du wegziehen müsstest?"

„Entscheidet meine Antwort darüber, ob du den Artikel veröffentlichst oder nicht?"

„Wieso hast du mir das alles überhaupt erzählt? Ich habe dich nicht gefragt, und du kennst mich und weißt, dass ich …"

„Ich soll dich kennen? Du bist ein Sensationsreporter, der ein Buch schreibt. Das ist nicht gerade viel. Ich weiß nicht einmal, ob du irgendwo eine feste Kolumne hast oder ob du deine Artikel als freier Journalist bei unterschiedlichen Zeitschriften anbietest."

Caleb blickte auf seinen Teller und strich mit einem großen Pommes frites durch den Ketchup. „Ich habe eine feste Kolumne, die bundesweit veröffentlicht wird, aber nicht unter meinem Namen."

Das wurde ja immer besser! „Dann bist du auch so eine Art Candy Cane."

„In gewisser Weise."

„Und was würde passieren, wenn ich deine wahre Identität enthülle?"

„Weißt du denn, wer ich bin?"

Bis gerade eben hatte sie ja nicht einmal gewusst, dass er einen anderen Namen hatte. „Nein, aber auch ich weiß ein bisschen, wie man im Internet recherchiert. Außerdem kenne ich Privatdetektive, die liebend gern wieder für mich arbeiten würden."

Er lehnte sich zurück, wischte sich den Mund mit

der Serviette ab und trank von seinem Bier. „Was soll ich deiner Meinung nach denn mit den Informationen anfangen, Miranda? Sie für mich behalten? Darüber schreiben? Sie in der Presse von Baltimore lancieren?“

„Ich möchte lediglich, dass du damit das Bild abrundest, das du bereits von mir hast. Und dann wüsste ich gern, ob sich dadurch etwas ändert.“

„Woran?“

„An deinen Gefühlen“, platzte sie heraus. Nichts anderes interessierte sie in diesem Moment. Sie sehnte sich nach Caleb und liebte ihn und musste einfach wissen, ob nur sie sich während der letzten Woche so fantastisch gefühlt hatte.

„Ich halte nicht viel von Gefühlen.“

Das war eine Antwort! Sie atmete tief durch. Offenbar war sie doch allein mit ihren Empfindungen. „Glück für dich, wenn du sie einfach beiseiteschieben kannst.“ Sie warf die Serviette auf den Tisch. „Die meisten von uns können das nicht.“

„Bei mir geht es nicht darum, die Gefühle beiseitezuschieben.“

„Sondern?“

„Für meine Arbeit ist es wichtig, emotional auf Distanz zu bleiben. Ich darf mich persönlich nicht darauf einlassen, sonst … sonst endet es in einer Katastrophe.“

„Mit mir, meinst du.“

„Mit jedem.“

„Dann vielen Dank, dass du mir gesagt hast, wie es in dir aussieht.“ Schnell stand sie auf, solange sie das mit ihren zitternden Knien noch konnte. „Ich muss mal zum Waschraum. Bezahlst du bitte, damit wir los können?"

In völliger Dunkelheit und absolutem Schweigen fuhren sie zurück. Caleb wollte die Situation mit Miranda nicht noch verschlimmern und hielt deshalb lieber den Mund.

Es hätte nicht viel gefehlt, und er hätte ihr gesagt, dass er sie liebte. Damit wäre er mitten in der Unterhaltung fast herausgeplatzt, und ihrem Gesichtsausdruck nach zu urteilen hatte Miranda geahnt, was er sagen wollte.

Dann hatte er den Fehler begangen und geleugnet, dass er überhaupt etwas empfand. Wirklich clever!, dachte er und hätte sich am liebsten selbst geohrfeigt.

Keine Frau hatte ihm jemals so viel bedeutet wie sie, und genau das hatte er ihr sagen wollen. Morgens beim Aufwachen sehnte er sich nach ihr, und wann immer er an sie dachte, musste er lächeln. Es spielte überhaupt keine Rolle, dass sie sich erst wenige Tage kannten.

Er dachte an ihren Blick, als er die Blumen für sie bestellt hatte. Wie sie mit ihm nachts in die Hotelküche geschlichen war. Wie sie ihn im Lagerraum eingesperrt hatte, sodass er in Eiseskälte einmal um das ganze Hotel hatte laufen müssen.

Die Erinnerung an all diese kleinen Dinge machte es ihm schwer, sich auf seine Arbeit zu konzentrieren, aber das machte ihm nicht mal etwas aus. Was ihn dagegen unglaublich bedrückte, war die Tatsache, dass er morgen schon von hier fortfliegen musste.

In Gedanken sah er sich bei Miranda einziehen und auf dem Sofa oder am Küchentresen sitzend an seinem Buch arbeiten, während sie neben ihm saß und las oder sich einen Kaffee kochte.

Er hatte sich bereits ein gemeinsames Leben mit ihr ausgemalt. Und jetzt hatte sie die Bombe platzen lassen und ihm von ihrer Vergangenheit in Baltimore erzählt. Caleb hatte keine Ahnung, was er tun sollte.

Noch vor einem Monat, vor dem Fiasko mit Dels Verlobter, hätte er mit Sicherheit genau das getan, was Miranda vermutet hatte. Er hätte sofort seinen Chefredakteur angerufen und spontan einen kurzen Bericht abgegeben.

Jetzt allerdings war er versucht, ein Angebot zum Aufkauf der Rechte an Max Savage anzunehmen. Er kämpfte mit sich selbst, seinen Gefühlen für Miranda und dem Wunsch, alles zu erzählen.

„Was sagtest du?"

Auf Mirandas Frage hin wandte er sich zu ihr. Nur ihr Profil war zu erkennen. „Habe ich etwas gesagt?"

Sie nickte. „Es klang wie ein Fluch."

„Dann war es sicher einer."

„Woran hast du denn gerade gedacht?"

Nein, das würde er ihr nicht sagen. Sobald er für sich entschieden hatte, was er mit den Informationen anfing, würde er es Miranda mitteilen, aber im Moment wollte er nicht darüber reden. Stattdessen wechselte er zu einem Thema, das ihn auch beschäftigte.

„An meine Arbeit. Als Reporter. An die Geschichten, die wir hören, und dass wir niemals wissen, was eigentlich dahintersteckt.“

„Aber das ist bei allen Nachrichten so. Nicht nur bei Klatsch und Tratsch. Bei Fragen der nationalen Sicherheit erfahren wir nur das, was die Reporter und Korrespondenten berichten dürfen. Bei Gerichtsverfahren ist es dasselbe, sogar bei den Storys über persönliche Schicksale. Wir erfahren, dass jemand hundert Kilo abgenommen hat, aber uns wird nicht gesagt, ob der Mensch es aus gesundheitlichen Gründen getan hat oder aus Angst, seinen Partner zu verlieren.“

„Trauriges Bild, das der Partner dadurch abgeben würde.“ Er sagte es, ohne groß darüber nachzudenken.

„Ich meinte es eher als allgemeines Beispiel, aber das stimmt. Viele Pärchen halten in guten Zeiten zusammen, aber wenn es nicht so rund läuft, geben sie auf.“

Sie waren zwar kein Pärchen, doch auch sie standen an einer Weggabelung. Je nachdem, was Caleb mit Mirandas Story anfing, würde sich entscheiden, ob er jemals wieder nach Mistletoe kam, vielleicht nach Colorado zog, oder ob er Miranda niemals wiedersah.

Mit diesem Gedanken hielt er vor ihrem Bungalow an und ließ den Motor laufen.

Reglos saßen sie beide da. Dies konnte das letzte Mal sein, dass sie sich sahen, das wussten sie beide. Caleb fiel vor Traurigkeit das Schlucken schwer.

„Möchtest du über Nacht bleiben?“, fragte sie schließlich.

„Gern, aber ich kann nicht. Ich muss noch packen, und Barry wartet morgen früh um halb fünf vor dem Hotel auf mich. Mein Flug geht um sieben."

„Schön, wie uns die Sicherheitsvorschriften am Flughafen so viel Lebenszeit stehlen, stimmt's?"

Leicht verlegen lachten sie beide.

Miranda atmete tief durch. „Dann heißt es jetzt Good-bye."

„Nur vorerst."

„Bedeutet das, du kommst wieder?"

„Wir werden sehen. Ich habe einiges zu erledigen und zu überdenken."

„Das Buch?"

„Ja. Genau."

„Und das, was ich dir erzählt habe?"

„Das auch."

Entschlossen öffnete Miranda die Tür, holte ihre Reisetasche vom Rücksitz und stieg aus.

Caleb kam um den Wagen herum, um sie zur Haustür zu begleiten, doch sie war bereits auf halbem Weg zum Haus, also folgte er ihr.

Sie kramte in ihrer Handtasche nach den Schlüsseln und schloss dann auf.

Irgendwie tat dieser Moment weh, Caleb wusste nicht genau, was er machen sollte. Also hielt er ihr zunächst einmal die Tür auf, blieb jedoch auf der Veranda stehen.

„Trotz allem danke für den schönen Tag." Miranda wandte sich zu ihm um und sah ihm in die Augen. „Ich weiß nicht, wann ich das letzte Mal so viel Spaß hatte. Und obendrein warst du auch noch bei mir."

„Mir hat es auch großen Spaß gemacht." Er wusste, dass er jetzt gehen musste. Es nützte nichts, wenn sie weiterhin hier standen und sich immer wieder aufs Neue verabschiedeten, obwohl es nur eine Art gab, dies richtig zu tun.

Vorsichtig trat er einen Schritt näher, legte eine Hand an ihre Wange und zog Miranda zu sich. Dann küsste er sie.

Es war ein behutsamer, zögernder Kuss. Ihre Lippen berührten sich ganz sacht, bis Caleb langsam mit der Zunge in ihren Mund eindrang.

Noch bevor er einen Laut hörte, wusste er, dass sie weinte. Er spürte ihr Zittern und fühlte die Feuchtigkeit an seinem Gesicht. Sanft küsste er die Tränen weg und strich mit den Daumen über ihre feuchten Wangen.

Miranda ergriff sein Hemd an der Brust – und trat einen Schritt zurück. „Wo ist dein Mantel? Ist dir nicht kalt?"

Erst jetzt merkte er überhaupt, wie stark er fror. „Geht schon. Die Heizung im Auto funktioniert ja bestens."

„Dann solltest du lieber zurück zum Hotel fahren, damit Alan nicht zu Fuß nach Hause muss."

„Ja, das sollte ich lieber."

„Danke noch mal für den Miniurlaub."

„Ich danke dir." Seine Brust schmerzte so stark, als würde er jeden Moment einen Herzinfarkt bekommen. „Für alles."

Noch nie hatte Miranda einen Montagmorgen so gehasst.

Ohne überhaupt geschlafen zu haben und ohne Frühstück fuhr sie früh zur Arbeit.

Vergeblich hatte sie mit allen möglichen Mitteln versucht, Schlaf zu finden. Sie war zwischen Schlafzimmer und Küche hin- und hergelaufen, hatte geduscht, bis das heiße Wasser aufgebraucht war, doch nicht einmal ein Beruhigungstee vor dem Kamin hatte Wirkung gezeigt.

Kein Wunder. Nichts und niemand konnte sie beruhigen.

Die sechs Tage mit Caleb waren wundervoll gewesen. Sechs Tage, und sie waren ihr vorgekommen wie sechs Wochen oder sechs Monate. Doch jetzt waren sie vorbei. Er war fort, und ihr Geheimnis hatte er mitgenommen, ausgerechnet in die Stadt, in der ihr Leben in Scherben gelegen hatte. Nun konnte sie nur noch in ihrem Versteck sitzen und abwarten, dass er sie der Öffentlichkeit preisgab.

Um vier Uhr früh hatte sie überlegt, ob sie ihn noch vor seiner Abreise anrufen sollte, um ihn zu fragen, ob er schon wusste, wie er sich verhalten würde.

Letztlich hatte sie sich aus Stolz dagegen entschieden. Sie hatte ihm ihre Vergangenheit ganz bewusst offenbart, also musste sie jetzt auch mit den möglichen Folgen leben.

Zum ersten Mal seit langer Zeit traf sie noch vor Corinne am Blumenladen ein.

Corinne blieb in der Tür stehen, sah verblüfft auf

ihre Uhr und wieder zu Miranda, die am Arbeitstisch Nelken sortierte. „Bin ich hier richtig?“

Miranda gab nur einen unwilligen Laut von sich. „Keine Witze, Brautmutter. Ich bin nicht in Stimmung.“

„Das merke ich.“ Corinne räumte ihre Handtasche weg und zog sich die Arbeitsschürze an. Sie wirkte jünger und unbeschwerter als seit Jahren. „Könnte es etwas damit zu tun haben, dass die Liebe deines Lebens abgereist ist?“

„Die Liebe meines Lebens war er nicht, ist er nicht und wird er niemals sein. Er war ... einfach nur ein Mann.“ Sie konnte es kaum aussprechen, weil es eine so dicke Lüge war. „Wir sind erst spät aus Golden zurückgekommen, und ich habe nicht geschlafen. Deshalb stehe ich jetzt schlecht gelaunt und müde vor dir.“

„Fahr nach Hause und schlaf.“ Im Auftragsbuch blätternd, suchte Corinne die anstehenden Aufträge heraus. „Es gibt nichts, womit ich, die ich keine einzige Sorge auf der Welt und noch dazu einen wundervollen neuen Schwiegersohn habe, nicht allein fertig werde.“

Sie freute sich für Corinne, aber der Gedanke, dass Caleb gerade nach Hause flog, deprimierte Miranda trotzdem. „Wenn ich jetzt heimfahre, laufe ich doch nur hin und her, genau wie heute Nacht.“

„So, und das möchtest du lieber hier tun und damit deine Umwelt quälen?“

Tief durchatmend, strich Miranda sich durchs Haar.

„Nein, ich verspreche, niemand wird unter mir leiden."

„Weißt du, eigentlich ist er gar kein so schlechter Kerl. Für einen Reporter." Ungerührt wusch Corinne sich die Hände, während Miranda sie fassungslos anstarrte.

„Das klang noch ganz anders, als du erfahren hast, womit er sein Geld verdient."

„So ist das eben mit Ansichten." Im Vorbeigehen tätschelte Corinne Miranda die Schulter. „Sie ändern sich."

„Und was hat deine Meinung geändert?", rief Miranda ihr nach, bevor Corinne im Hinterzimmer verschwand.

Im Durchgang blieb sie stehen. „Am Samstag habe ich vor der Hochzeit mit ihm gesprochen. Er hat ein gutes Herz und gute Absichten. Immer wieder hat er nachgefragt, damit er bloß nichts Falsches über Brenna schreibt."

„Willst du damit sagen, er sei einer der guten Reporter? Einer, der weiß, wo die Grenzen sind?"

„Ein- oder zweimal ist er ein bisschen zu weit gegangen, aber er hat es akzeptiert, dass ich ihn in seine Schranken verwiesen habe."

„Dann wird die Presse von Baltimore also nicht wie ein Heuschreckenschwarm über mich herfallen?"

In diesem Moment ging die Eingangstür auf, wodurch sie in ihrer Unterhaltung unterbrochen wurden. Miranda, die ohnehin zu keiner konzentrierten Arbeit fähig war, folgte Corinne in den Verkaufsraum.

Es war Orsy von nebenan, der mit einer Schachtel Donuts in der einen Hand und einem Umschlag in der anderen ins Geschäft kam. Gratisgebäck gab er zwar regelmäßig an Nachbarn ab, doch eine Hauslieferung? Das war neu.

„Guten Morgen, Orsy." Miranda stützte sich auf den Tresen. „Gibt's einen Anlass? Oder willst du mir nur Appetit machen, bevor du sie jemand anderem bringst?"

Lachend stellte er ihr die Donuts vor die Nase. „Nein, das sind deine. Der Kerl, der neulich bei mir war und Burger gegessen hat, hat mich gebeten, dir das hier zu bringen, wenn du und Corinne im Laden seid."

„Caleb?" Trotz der schlaflosen Nacht war sie schlagartig hellwach.

„Seinen Namen weiß ich nicht. Barry hat ihn heute ganz früh hergefahren, da hat er mir das hier gegeben. Ich musste ihm versprechen, es dir zu bringen." Orsy reichte ihr den Umschlag, bevor er sich wieder umdrehte. „Einen schönen Tag noch, Ladys."

„Danke, Orsy, dir auch." Miranda sah zu Corinne. „Donut?"

„Natürlich." Corinne griff sich eines der Gebäckstücke. „Was ist in dem Umschlag?"

„Wahrscheinlich ein Abschiedsgruß." Sie wollte sich nicht anmerken lassen, wie angespannt sie innerlich war. Ihre Hände zitterten.

„Mach schon auf." Mit dem angebissenen Donut in der Hand wedelte Corinne in Richtung des Umschlags. „Mal hören, was der Herr Reporter zu sagen hat."

Mit einem Brieföffner riss Miranda den Umschlag

auf. Ein Zeitungsausschnitt fiel auf den Tresen. Es war die neueste Kolumne von Max Savage, handsigniert.

„O mein Gott, dein Reporter ist Max Savage!" Corinne riss Miranda den Ausschnitt aus der Hand. „Sieh mal hier. Er schreibt, dass er eine Woche lang über die frisch vermählten Ravyn Black und Teddy Eagleton berichten wird."

Keine Sekunde dachte Miranda jetzt an Corinnes Tochter. Caleb war Max Savage! Der schlimmste Schreiberling der ganzen Welt.

Die einzige Frage, die sich noch stellte, war, ob der Artikel über sie bereits fertig geschrieben war oder ob Caleb im Flugzeug noch daran arbeitete.

Resigniert verbarg sie das Gesicht in den Händen. Max Savage. Nie hätte sie gedacht, dass es so entsetzlich enden würde.

„Hier, er hat dir auf die Rückseite eine Nachricht geschrieben."

Die hatte Miranda völlig übersehen. Sie drehte den Zettel um und wusste nicht, ob sie stöhnen oder lachen sollte. Ihr wurde fast übel. Sie steckte wirklich bis zum Hals drin. Dann las sie Calebs Nachricht.

„Du warst mir gegenüber offen. Dies ist zwar ein feiger Weg, diese Offenheit zu erwidern, aber ich will mir nicht nachsagen lassen müssen, ich sei ein verlogener Feigling. Caleb."

„Siehst du?" Corinne lächelte. „Ist das zu fassen? Du hast mit Max Savage geschlafen. Das ist der Hammer. Wenn er jetzt aller Welt verrät, wer du bist, kannst du dich revanchieren."

Diese Aussicht konnte Miranda jedoch nicht trösten. Sie bezweifelte, dass es überhaupt etwas auf der Welt gab, was ihr jetzt Trost geben konnte.

Calebs Flug von Denver nach Baltimore verlief völlig ereignislos und ausnahmsweise sogar pünktlich. Mistletoe und Miranda lagen hinter ihm, doch die Woche im Hotel in Snow Falls würde er zeit seines Lebens nicht vergessen. Vor allem nicht die Frau mit den Sommersprossen und den kurzen Haaren, in die er sich dort verliebt hatte.

Er hatte ihr die signierte Max-Savage-Kolumne zukommen lassen, doch sie hatte viel mehr Mut bewiesen, indem sie sich ihm als Candy Cane, Miranda und noch als Exfrau von Marshall Gordon offenbart hatte.

Er dagegen hatte nur eine Zeitungskolumne unterschrieben. Die Entscheidung, wer von ihnen beiden das größere Risiko eingegangen war, fiel nicht schwer. Wenigstens hatte Barry ihn auf der Fahrt zum Flugplatz mit seinem üblichen Wortschwall davon abgehalten, weiter darüber nachzugrübeln, wie er seiner beruflichen Laufbahn ein Ende setzen konnte.

Während des Flugs schaltete er sein Laptop ein, setzte sich Kopfhörer auf und blendete seine Umgebung aus. Er ging seine Notizen für die Kolumnen dieser Woche durch, in denen er sich ausschließlich auf die Romanze zwischen dem Abgeordneten und dem Rockstar konzentrieren wollte. Anschließend sammelte er Ideen für sein Buch.

Einen Anfang zu finden für seine Gedanken und Erfahrungen mit der Gesellschaft und der Sensationspresse, fiel ihm nicht leicht, bis er beschloss, die eigenen Jahre, die er in diesem Job verbracht hatte, als Einstieg zu beschreiben. Dadurch würde er sein Pseudonym als Max Savage preisgeben, doch es wurde Zeit, sich nicht nur seinen Erfolgen, sondern auch seinen Misserfolgen zu stellen. Auf das meiste war er stolz, aber nicht auf alles.

Während er in zehntausend Metern Höhe über das Land flog, wurde ihm klar, wie leicht es ihm fallen würde, eine Chronik über seine eigene Tätigkeit zu erstellen.

Als das Flugzeug zur Landung ansetzte, hatte er den ersten Entwurf des Vorworts bereits fast fertig geschrieben.

Er schaltete das Laptop aus, griff sich seine Computertasche und sein Handgepäck und ging von Bord. Sobald er sein restliches Gepäck hatte, steuerte er den Taxistand an. Er nannte dem Fahrer seine Adresse und lehnte sich zurück. Während er darauf wartete, dass sie sein Stadthaus erreichten, überlegte er bereits, welche Ereignisse er für sein Buch als Erstes beschreiben würde, sobald er zu Hause war.

Er würde sich Lebensmittel liefern lassen, Kaffee, Milch und Müsli, und abends würde er sich etwas vom Chinesen kommen lassen. Aber er freute sich bereits darauf, sich in die Arbeit zu vertiefen, um möglichst schnell fertig zu werden. Er hatte etwas zu sagen, und das wollte er tun. Sein Buch sollte als eine

Art Warnung dienen oder auch nur zur Unterhaltung, je nachdem, was die Leser daraus mitnahmen.

Wenn ich mit dem Buch fertig bin, beschloss er, bekommt Miranda den ersten Ausdruck. Sie soll wissen, was ich geschrieben habe.

Noch wichtiger jedoch war ihm, dass sie erfuhr, dass er sie liebte. Wenn sie diese Liebe nicht erwidern konnte, weil er nun mal so war, wie er war, dann würde er damit leben müssen.

Unter Max Savage und seinen bissigen Kommentaren würde jedenfalls nie wieder jemand zu leiden haben.

12. KAPITEL

Miranda hatte keine Lust aufzutreten. Es war die letzte Dezemberwoche, und sie hatte schon überlegt, ob sie behaupten solle, sie sei krank. Dann hätte sie im neuen Jahr mit neuem Programm, neuen Vorsätzen und Zielen wieder anfangen können.

Aber diese Woche war die betriebsamste des ganzen Jahres im Hotel Snow Falls. Letztlich waren ihr der Ruf des Club Crimson und der von Candy Cane zu wichtig, um ihre Freunde zu enttäuschen.

Mit Beginn des neuen Jahres würde sie vielleicht auch wieder zuversichtlicher in die Zukunft blicken. Sie wollte sich nicht mehr verstecken und sich vor der Entdeckung fürchten. Wenn sie der Wunsch überkam, nach Baltimore zu fliegen, um alte Freunde zu besuchen, dann würde sie es tun.

Den ganzen letzten Monat hatte sie darauf gewartet, dass irgendetwas passierte. Caleb hatte sich kein einziges Mal gemeldet, um ihr mitzuteilen, ob er ihre Identität für sich behalten oder an die Öffentlichkeit bringen würde.

Er hätte ja auch einfach anrufen können, um ihr zu sagen, dass er sie vermisste. Dass er sie liebte.

Inzwischen hatte sie erkannt, wie viel Energie sie durch ihre Passivität vergeudete. Von nun an würde sie sich nehmen, was sie sich wünschte. Schluss mit dem Versteckspiel, sagte sie sich. Schluss mit dem Glauben daran, dass Abgeschiedenheit und Anonymität mich davor schützen, dass Menschen, die mich nicht kennen, hässliche Dinge über mich erzählen. Es ist egal, ob du in einem winzigen Ort in den Bergen lebst oder in der Stadt. Die Menschen, die über andere reden und spekulieren wollen, werden das in jedem Fall tun.

Miranda wollte ihr Leben stolz und selbstbewusst führen, auch wenn sie dafür die Zeit mit Caleb als wunderschöne Erinnerung abhaken musste, so schwer ihr das auch fiel.

Sein abschließendes „Wir werden sehen" war offensichtlich seine Art gewesen, ihr mitzuteilen, dass es zwischen ihnen aus war. Hätte er nicht einfach sagen können, wie sehr er die Woche genossen hatte? Das wäre definitiv ein netterer Abschied gewesen.

Zugegeben, sie hätte ihn auch anrufen können. Über ihre Kontakte in Baltimore hätte sie seine Nummer bestimmt herausgefunden, selbst wenn er nicht im Telefonbuch stand. Vorausgesetzt, ihre Bekannten schafften es, den Schock zu überwinden, dass Miranda sich nach all der Zeit bei ihnen meldete. Aber die Vorstellung, ihm jetzt nachzulaufen, kam ihr sehr verzweifelt vor.

Sie saß auf der Bank vor ihrem Schminktisch und betrachtete ihr Spiegelbild. Bevor Caleb McGregor in ihr Leben getreten war, hatte sie sich oft einsam gefühlt und sich bei Corinne und Patrice über den Mangel an ledigen Männern in Mistletoe beklagt, bis ihre Freundinnen es leid geworden waren, sich ihr Gejammer anzuhören.

Doch nie zuvor war sie so deprimiert gewesen.

„Miranda? Bist du da drin?“

Entschlossen, sich wieder der Welt zuzuwenden, drehte Miranda sich von ihrem Spiegelbild weg. „Es ist offen, Patrice. Komm rein.“

Patrice öffnete die Tür. „Ich habe mehrmals geklopft. Ich dachte schon, du bist im Bad.“

„Nein, ich war in Gedanken. Tut mir leid, ich habe dich nicht gehört.“

„Ich brauche gar nicht erst zu fragen, woran du gedacht hast. In letzter Zeit denkst du ohnehin fast nur noch an Caleb.“ Patrice setzte sich neben sie. „Vielleicht hilft dir das hier.“ Sie reichte ihr einen dicken Umschlag, auf dem ihre Adresse stand und als Absender nichts als die Buchstaben C und M.

Behutsam strich Miranda über die Initialen, obwohl ihr Puls raste. Es waren weder Briefmarke noch Stempel auf dem Umschlag. „Ist er hier?“

„Nicht dass ich wüsste.“ Patrice tippte auf den Umschlag. „Es kam bestimmt mit der übrigen FedEx-Lieferung. Alan sagte, er hätte dir zugerufen, als du kamst, aber …“

Miranda hatte es bemerkt, aber beschlossen, ihn zu ignorieren. „Ja, ich habe ihn gehört, aber mein Selbstmitleid war mir wichtiger als eine Unterhaltung.“

„Ach, Kleines.“ Patrice legte ihr einen Arm um die Schultern. „Was ist denn diesmal so schlimm?“

Miranda stieß ihr den Ellbogen in die Rippen. „Diesmal? Das werde ich dir nicht verraten.“

„Das brauchst du auch nicht. Man sieht es dir ja sehr deutlich an.“

Sie sah wieder in den Spiegel. „Die Augenringe überschminke ich, und dann sieht man mir die Schlaflosigkeit auch nicht mehr an.“

„Soll ich dir mal sagen, was ich sehe?“ Patrice hielt den Umschlag hoch. „Ihn. Du liebst ihn, aber du unternimmst nichts.“

„Was soll ich denn tun?“ Miranda hob die Hände. „Er hat gesagt, er meldet sich, aber er hat nichts von sich hören lassen.“

Seufzend schwenkte Patrice den Umschlag hin und her. „Und wie nennst du das hier?“

„Einen Monat später?“

„Er ist ein Mann, Miranda. Ein Monat zum Sich-Klarwerden über die eigenen Gefühle ist da gar nichts.“

Zögernd sah sie auf den Umschlag. Dort steckte bestimmt etwas drin, was ihr zeigte, wie er sich entschieden hatte. Wieso schrieb er ihr so etwas, anstatt es ihr zu sagen?

Auffordernd klopfte Patrice auf den dicken Umschlag. „Bist du denn gar nicht neugierig?“

„Und wie.“

„Dann mach auf und sieh nach, was er dir zu sagen hat.“ Patrice half ihr auf die Sprünge, indem sie die Klebelasche öffnete.

Langsam zog Miranda einen Stapel Blätter heraus, die an einer Längsseite zusammengeheftet waren. Obendrauf klebte ein handgeschriebener Zettel.

„Der Anfang meines Buchs. Ich wollte, dass du ihn als Erste liest. Caleb.“

„Oh“, stieß Patrice aus. „Einer Sneakpreview

konnte ich noch nie widerstehen."

„Wenn ich mit meiner Vermutung richtigliege, geht's darin um mich." Aber wieso sollte Caleb in einem Buch über sie schreiben? Und wenn nicht, warum schickte er es ihr dann?

Nachdenklich schwieg Patrice einen Moment. „Dann solltest du es vielleicht lieber erst nach der Show lesen."

„Nein, ich will wissen, was er mir zu sagen hat."

„Soll ich mal durchblättern und dir die besten Stellen raussuchen?"

Miranda schüttelte den Kopf. Nein, sie würde stark sein. Nichts, was er geschrieben hatte, konnte ihr wehtun, egal, ob es gelogen oder wahr war. „Würdest du es mir vorlesen, während ich mich schminke?"

„Letzte Chance: Willst du es nicht lieber lesen, wenn du allein bist?"

„Damit ich mich noch ungehemmter selbst bemitleiden kann?"

„Wenn du meinst ..."

Miranda nickte, obwohl sie sich keineswegs sicher war. „Schieß los."

„Okay." Patrice blätterte das Deckblatt um und las: „1995 graduierte Caleb McGregor an der Newhouse School of Public Communications an der Universität von Syracuse. Nach einem Praktikum bei der ‚New York Times' in seinem letzten Studienjahr war er bereit, sich auf die Suche nach solchen Nachrichten zu begeben, die es wert waren, gedruckt zu werden. Es lief nicht alles nach Plan, und ein paar Jahre später entdeckte er seine wahre Bestimmung und legte sich das Pseudonym Max Savage zu. In dieser Rolle schaffte er es mit Arroganz, Ungeduld und maßloser Gier bis ganz nach oben. In seiner Hemmungslosigkeit verriet er seine Ideale und durchforstete skrupellos den Privatbereich von Stars und Sternchen, Politikern und Wirtschaftsbossen, um den Hunger der Öffentlichkeit nach Skandalen und Skandälchen zu stillen."

Patrice hob den Kopf und sah Miranda im Spiegel an. „Süße, ich bin mir nicht so sicher, ob es hier wirklich um dich geht."

„Lass mich mal sehen." Miranda blätterte in den Seiten herum und las hier und da einen Absatz. Kein Wort über Miranda Gordon oder Candy Cane. Schließlich blickte sie zu Patrice. „Stimmt, hier geht es nicht um mich, sondern um ihn."

„Wieso ihn?"

„Er ist Max Savage."

„Der Kolumnist? Machst du Scherze?"

Miranda schüttelte den Kopf. Es war einen Monat her, seit sie die signierte Ausgabe der Kolumne im Blumengeschäft erhalten hatte, und sie hatte keinem Menschen ein Wort darüber verraten. Und Corinne würde niemals etwas weitererzählen, was ihr unter dem Siegel der Verschwiegenheit anvertraut worden war. „Er hat es mir mit einer Nachricht verraten, als er abgereist ist."

„Und du hast es nicht weitererzählt?"

„Ich dachte, er möchte vielleicht lieber nicht, dass andere es erfahren."

„Also, wenn das hier der Anfang seines Buches ist, hat er in dieser Hinsicht offenbar seine Meinung geändert. Aber wieso?“

Das fragte Miranda sich auch. Sie seufzte, blickte auf die Seiten und wieder zu Patrice. „Sei mir nicht böse, aber ich glaube, ich würde es doch gern erst allein lesen.“

„Na klar.“ Patrice gab ihr einen Kuss aufs Haar und stand auf. „Genau wie ich spüre, wo ich gebraucht werde, merke ich auch, wenn ich irgendwo überflüssig bin. Und jetzt habe ich ein heißes Date mit einem heißen Barkeeper.“

„Ich hatte mich schon gewundert, wieso du diese Schuhe trägst.“ Miranda blickte auf die Pumps, die Patrice zu ihrer eleganten Hose trug. Da sie sonst fast immer nur Jeans und Boots anhatte, fiel der Unterschied Miranda sofort ins Auge.

„Wir gehen zum Dinner ins ‚Fish and Cow Chips‘. Ist das zu fassen?“ Patrice winkte ihr zum Abschied und öffnete die Tür, doch dann deutete sie mit einem Kopfnicken noch einmal zu dem Manuskript. „Verrätst du mir hinterher, was er darin zu sagen hat?“

„Ja, sicher. Ich will es nur erst mal selbst lesen.“

„Okay, aber vergiss nicht: In einer Stunde fängt dein Auftritt an.“

„Verstanden, Mrs. Clubmanager. Ich werde pünktlich auf der Bühne stehen.“

Dann war Patrice fort, und Miranda blieb mit der Erkenntnis zurück, dass Caleb sie nicht verraten hatte. War es überheblich von ihr gewesen, zu glauben, dass er über sie schreiben würde?

Flüchtig blätterte sie an den Schluss. Fünfzig eng bedruckte Seiten in einer Stunde, das würde knapp, aber das war ihr egal.

Sie fing vorn an und las jedes Wort bis ganz zum Ende.

Das war Caleb, wie sie ihn kennengelernt hatte. Vieles von dem, was sie las, war ihr neu, aber schließlich hatten sie auch nur sechs Tage miteinander verbracht. Erst beim Lesen wurde ihr klar, in welch komplizierten und widersprüchlichen Mann sie sich verliebt hatte. Eine Frau, die mit ihm zusammenleben wollte, würde es nicht leicht haben.

Er war kein einfacher Mensch. Sie hatte selbst erlebt, wie stark er auf seiner Ansicht beharren konnte.

Dann blätterte sie die letzte Seite um und fand eine Notiz, die weder an seinen Chefredakteur, seinen Agenten noch an die Öffentlichkeit gerichtet war, sondern ganz allein an sie.

Sie las nur diesen einen Satz und sprang glücklich lächelnd auf. Ihr Herz schlug wie wild.

„Du schuldest mir einen Kuss am Ende der Show."

Caleb hatte lange überlegt, wie genau die größte romantische Geste seines Lebens aussehen sollte. Wenn er näher darüber nachdachte, musste er zugeben, dass er überhaupt noch nie etwas Romantisches getan hatte.

Bisher hatte er auch noch nie den Wunsch gehabt, sich für eine Frau etwas Romantisches zu überlegen.

Doch dann war er klug genug gewesen, sich in Miranda Kelly zu verlieben.

Am Tag seiner Abreise aus Mistletoe hatte er Orsy ein so dickes Trinkgeld gegeben, dass er sicher war, dass der Bäcker die Donuts und die Max-Savage-Kolumne zu Miranda ins „Under the Mistletoe" gebracht hatte.

Es war fast Neujahr, also hatte Miranda fast einen Monat Zeit gehabt, sich damit auseinanderzusetzen, dass Caleb Max war. Diese Zeit hatte er genutzt, um sich von seiner Identität als Max Savage zu befreien.

Das war nötig gewesen, weil er völlig unbelastet sein wollte, wenn er Miranda um Verzeihung bat und zur Not anflehen würde, damit sie den Rest ihres Lebens mit ihm verbrachte.

Als Erstes hatte er im Blumengeschäft angerufen und mit Corinne gesprochen, nachdem er zweimal wieder aufgelegt hatte, weil Miranda drangegangen war.

Zu seinem Glück hatte Corinne mitgespielt und seinen Plan nicht verraten. Wie sie seinen Auftrag ausführen wollte, ohne dass Miranda es mitbekam, das war ihm allerdings ein Rätsel.

Als Nächstes rief er im Hotel an und fragte nach Alan. In den Manager und Barkeeper vom Club Crimson setzte Caleb all seine Hoffnungen, noch ein Zimmer im Hotel zu bekommen. Vielleicht konnte er Alan auch dazu überreden, ihn vom Flughafen abzuholen, damit er sich nicht von Barry fahren lassen und dann das Hotel durch den Haupteingang betreten musste.

Leider konnte Alan ihm nur zusagen, dass er ihn abholen würde. Das Hotel war völlig ausgebucht. Trotzdem flog Caleb, denn wenn alles nach Plan lief, würde er ohnehin bei Miranda übernachten. Und wenn nicht, dann musste er eben mit der Eingangshalle vorliebnehmen, während er auf die nächste Abreisemöglichkeit wartete.

Den Umschlag mit dem Manuskript hatte er ursprünglich per Overnight-Kurier schicken wollen. Doch falls sein Flug sich verspätete, wollte er nicht, dass Miranda den Text las, ehe er die Möglichkeit zu einer Erklärung bekam. Also hatte er den schon vorbereiteten Expressumschlag mitgenommen und Alan gleich bei seiner Ankunft auf dem Angestelltenparkplatz hinter dem Hotel übergeben.

Außerdem hatte er eine Ausgabe der allerletzten Kolumne von Max Savage bei sich, um sie Miranda zu zeigen, bevor sie in der Neujahrsausgabe erschien. Beim Gedanken daran, sich von seiner Identität als Max zu trennen, musste er immer wieder lächeln.

Aber der schönste Augenblick war sicher, wenn er Miranda wiedersah.

Als er den Club Crimson betrat, kam er sich wie in einem Rosengarten vor. Auf jedem der Tische stand eine Vase mit roten Rosen, nur auf einem nicht. Auf seinem. Caleb nahm in derselben Nische Platz, von der aus er auch an jenem ersten Abend Mirandas Auftritt erlebt hatte. Doch heute Abend war er nüchtern.

Vor ihm stand ein Sodawasser mit Eis und einem Spritzer Limone.

Das Rot des Clubs gefiel ihm immer noch nicht, und das Konzept des Romantikhotels für Liebespaare fand er noch genauso albern. Wenn es nicht Miranda wäre, die diese Songs sang, hätte er auch den gesamten Auftritt kaum ertragen.

Doch es war Miranda, und Caleb erlebte ihre Show intensiver als sonst jemand im Club. Sobald der Pianist die ersten Akkorde anschlug, setzte Caleb sich aufrechter hin und atmete tief durch, weil sein Herz so raste.

Seine Aufregung steigerte sich noch, als sie die Bühne betrat. Sobald sie den ersten Song anstimmte, glaubte Caleb, sein Herz müsse ihm jeden Moment den Brustkorb sprengen.

Doch dann blickte sie kein einziges Mal in seine Richtung. Ahnte sie denn nicht, dass er hier, genau in dieser Nische saß?

Allen anderen im Publikum schenkte sie ihre Aufmerksamkeit. An jedem Tisch blieb sie stehen und schnupperte an den Rosen. An seinen Rosen. Er hatte sie nur für sie bestellt.

Wann immer sie einen Mann aus dem Publikum berührte, kochte Caleb vor Eifersucht, und wenn sie eine Frau berührte, stöhnte er innerlich auf. Sie sollte nur ihn berühren und sonst niemanden.

Aus dem Augenwinkel bemerkte er Alans fragende Geste, ob er jetzt einen richtigen Drink wollte, und fast hätte er eingewilligt, doch genau in diesem Moment begann der letzte Song der Show, und Miranda kam langsam direkt auf ihn zu.

Caleb bekam kein einziges Wort dieses Songs mit. Für ihn zählte nur noch, dass sie vor ihm stand und sich dann über den Tisch lehnte, während sie sang. Verführerisch lächelte sie ihn an und ließ die Zungenspitze über die Lippen gleiten. Schließlich biss sie sich sachte auf die Unterlippe.

Er sah die Tränen in ihren Augen glitzern und erkannte, dass es Freudentränen waren.

Genau dieselbe Freude empfand auch er.

Dann richtete sie sich auf und glitt auf seinen Schoß. Dabei gewährte sie ihm einen tiefen Blick in den Ausschnitt ihres Paillettenkleids.

Bei der Schlussnote ihres Songs schlang sie die Arme um seinen Nacken. „Ich liebe dich", flüsterte sie dicht an seinen Lippen, bevor sie ihn küsste.

Aufstöhnend zog er sie an sich und erwiderte den Kuss. Kein Bitten, kein Flehen, dachte er und drang überglücklich mit der Zunge in dem Moment zwischen ihre Lippen, als sie den Mund leicht öffnete.

Ihr Geschmack war einfach wundervoll. Es fühlte sich himmlisch an, sie im Arm zu halten und ihre Wärme zu spüren. Ein Duft von Blumen umgab sie, und Caleb konnte nicht sagen, ob der von den Rosen ringsumher oder direkt von Miranda ausging.

Wie hattc er überhaupt von hier wegfliegen und sie zurücklassen können? Er konnte es kaum fassen, dass sie ihm verzieh und ihn liebte und zulassen würde, von ihm geliebt zu werden. Das verdiene ich gar nicht, dachte er, doch ich werde hier bei ihr bleiben, so lange sie mich lässt.

Viel zu schnell löste sie sich wieder von ihm und holte tief Luft. Auch Caleb hatte das Atmen vergessen, und das holte er jetzt schnell nah.

Als Miranda aufstand und sich verbeugte, klatschten alle Gäste Beifall.

Auch Caleb stand auf.

Tränen glitzerten auf Mirandas Wangen, als sie ihm über die Wange strich. „Ich habe dich vermisst."

„Bestimmt nicht halb so viel wie ich dich", brachte er mit heiserer Stimme heraus. Auf einmal konnte er auch nicht mehr ganz deutlich sehen, weil ihm die Tränen in die Augen traten.

„Lass uns das später klären." Sie schmiegte sich an ihn. „Bei einem Date."

Lächelnd stöhnte er erleichtert auf. „Da ich hier im Hotel kein Zimmer mehr bekommen habe, bin ich sehr erleichtert, dass du das sagst."

Sie lachte und schüttelte den Kopf, bevor sie sich durch das kurze dunkle Haar strich. „Ist dir aufgefallen, dass ich keine Perücke trage?"

„Und ob. Mir ist auch aufgefallen, dass du keinen BH trägst."

„Nur dir zuliebe."

„Prima. Ich werde es nicht weitererzählen."

„Bei dir sind meine Geheimnisse gut aufgehoben, das weiß ich." Glücklich sah sie ihm in die Augen. „Es ist zwar nicht so wichtig, trotzdem erleichtert es mich, dass du ein Gentleman bist, der genießt und schweigt."

„Genießen tue ich gern, schweigen kann ich auch,

aber ein Gentleman bin ich ganz bestimmt nicht.“ Bevor sie etwas erwidern konnte, griff er nach dem Mikrofon, hielt es sich vor die Lippen und blickte ihr tief in die Augen. „Ich liebe dich auch.“ Er nahm das Mikro wieder vom Mund, bevor er leise hinzufügte: „Miranda.“ Dann zog er sie ganz eng an sich und drückte diese Liebe mit einem Kuss aus, ohne auf das jubelnde Publikum zu achten.

– ENDE –

Alison Kent
Gewagte Spiele
Band-Nr. 35014
8,95 € (D)
ISBN: 978-3-89941-415-8
304 Seiten

Megan Hart u. a.
Perlen der Leidenschaft
15 erotische Kurzgeschichten
Band-Nr. 35034
9,50 € (D)
ISBN: 978-3-89941-798-2
544 Seiten

Megan Hart
Callboys – Die Schönen der Nacht
Band-Nr. 35030
9,50 € (D)
ISBN: 978-3-89941-716-6
480 Seiten

Megan Hart
Tiefer – Im Sog der Lust
Band-Nr. 35035
9,50 € (D)
ISBN: 978-3-89941-815-6
432 Seiten

Deutsche Erstveröffentlichung
VICTORIA J
Die Herzogin, ihre Zofe, der Stallbursche und ihr Liebhaber

Original-ausgabe
JULIE GORDON
Die Rose von Byzanz
EROTISCHER ROMAN

Deutsche Erstveröffentlichung
SHARON PAGE
Samtschwarz

Deutsche Erstveröffentlichung
SHARON PAGE
Feuer der Lust
EROTISCHER ROMAN

Deutsche
Erstveröffent-
lichung
KAYLA
PERRIN

Deutsche
Erstveröffent-
lichung
CHERRY
ADAIR
Nimm mich!

Original-
ausgabe

Original-
ausgabe
SANDRA
HENKE
Opfer
der Lust